CHER CANARD

www.editions-jclattes.fr

Christophe Nobili

CHER CANARD

De l'affaire Fillon à celle du Canard Enchaîné

JC Lattès

Maquette de couverture : Loïc Vincent

ISBN : 978-2-7096-7185-9

Première édition : mars 2023.

Avertissement

Ce livre est le témoignage d'un journaliste reconnu, auteur de nombreuses enquêtes, qui a choisi d'investiguer sur des faits découverts au sein du journal pour lequel il travaille. Il s'agit donc d'un récit en immersion, au cœur d'une rédaction, qui suit le fil de ses constatations et investigations, lesquelles ont abouti à ce qu'une enquête diligentée par le Parquet soit ouverte. Par ce témoignage, l'auteur n'entend en aucun cas se substituer au travail des enquêteurs et de la justice ; et s'inscrit donc dans le respect des personnes et du droit fondamental de la présomption d'innocence.

1
La photocopieuse

Je n'arrive pas à me souvenir si c'était avant Noël ou après. Le cadeau est arrivé alors que j'étais peinard, au premier étage, celui de l'accueil, occupé à photocopier des pages du journal. L'aimant de la lourde porte d'entrée a claqué, suivi de craquements familiers sur le parquet. Un pas reconnaissable entre mille, que je n'avais plus entendu depuis des mois. Celui du type qui avance sur les talons, les pieds écartés. Comme un canard.

Jacques Lamalle était un des brontosaures du journal. Un de nos innombrables vieux, mais le seul vieux beau. Cheveux grisonnants soigneusement peignés, grolles de ministre, costard de député. Le seul qui savait un peu se saper dans cette maison. Le seul capable de s'acheter de vrais habits, avec Erik Emptaz, notre rédacteur en chef de Saint-Germain-des-Prés. Le style de Jacques détonnait tellement au milieu de tous les mal attifés du *Canard* que je l'imaginais parfois dans un film de Scorsese se faire appeler « Jacky l'élégant ».

Il avait pris sa retraite quelques années plus tôt, parti fâché, avec avocat et tout le tintouin. L'insolent avait eu l'outrecuidance d'émettre quelque critique sur la gestion du journal et de sa ligne éditoriale. Comme toutes les grandes gueules, il avait été affublé par la chefferie du titre infamant de « putschiste » ayant raté son coup. On avait commencé par lui envoyer un chèque, d'un montant inférieur à celui négocié le jour de la signature du divorce. Son avocat était revenu à la charge, une fois, puis deux. De guerre lasse, Jacques avait lâché prise. Pour qu'il la boucle et soigne ses aigreurs d'estomac, la maison, dans sa grande bonté, lui avait permis de mener à bien quelques projets éditoriaux sur l'histoire glorieuse du *Canard*. C'est pour ce hochet qu'il repassait, à l'occasion, rue Saint-Honoré, nous dire bonjour et éplucher les archives.

En franchissant le seuil, ce mercredi-là, il était flanqué de Sylviane. Ancienne standardiste assez vieille France, une vraie peau de vache à l'occasion, que j'ai toujours bien aimée. Peut-être parce qu'elle m'appelait « mon kiki ». Elle avait pris sa retraite, elle aussi, quelques années après lui. Le jour du pot de départ de Sylviane, au troisième étage, celui de la comptabilité et des secrets, Emptaz avait lancé à celle qui nous quittait et discutait avec

Jacques : « Dis donc, toi, t'essaierais pas de te faire la malle ? » Toute la confrérie du *Canard* s'était boyautée en levant son verre. Emptaz a toujours eu le bon mot.

J'étais tellement content de revoir Jacques et Sylviane qu'on s'est mis à critiquer le journal. Celui qui était forcément « moins bien qu'avant ». Celui que Lamalle feuilletait en grommelant, avec ses yeux d'ancien secrétaire général de la rédaction : « Mais qu'ils sont nuls ces dessins ! C'est pas possible ! » Forcément. Cabu était parti, tué par les décérébrés de 2015. Et Pétillon, notre hypocondriaque préféré, venait d'être emporté par le putain de cancer du poumon dont il se savait malade avant de l'avoir attrapé. En survolant la page 2, c'est moi qui, pour la première fois en quinze ans, me suis permis une remarque désobligeante :

« Et les cabochons d'André Escaro ! Mais combien de temps est-ce qu'on va continuer à payer ce croulant pour dessiner ces crobards ? »

Escaro, c'était le totem, le dieu vivant que les moins de 50 ans ne peuvent pas connaître. Notre héros national, célèbre pour un haut fait d'arme : avoir surpris, sous Pompidou, les fameux « plombiers » de la DST venus poser des micros dans les locaux du *Canard*. Le vénéré avait désormais 91 piges au compteur, il dessinait encore – un bien grand mot – depuis son château à la campagne et n'avait plus mis un mocassin au journal depuis deux décennies au moins.

Je n'ai jamais croisé Escaro, mais Jacques, qui l'avait bien connu, s'est penché, par-dessus mon épaule, sur les fameux cabochons. Il m'a regardé, rigolard, puis il a lâché :

« Mais c'est pas lui qu'on paie, mon coco, c'est elle !

— Elle ? »

Et là, mon Jacques a pris son air innocent de vieille canaille :

« Pénélope… Pénélope… » a-t-il chantonné, en exécutant presque un pas de danse près de la photocopieuse.

Il s'est marré un bon coup. Et il est reparti comme il était venu, l'élégant. Avec Sylviane sous le bras, sur les talons, les pieds toujours écartés. Sans le savoir, il venait, avant ou après Noël, je ne sais vraiment plus, de me laisser un beau cadeau.

Le cadeau empoisonné que j'allais ouvrir, déballer… et à cause duquel *Le Canard Enchaîné* ne serait plus jamais mon *Canard Enchaîné*.

2

Le tiroir-presse

« Pénélope… Pénélope… » Mais pourquoi il m'a dit ça, ce con ?

Trois ans plus tôt, avec deux de mes petits camarades, j'avais révélé l'affaire Fillon. Le « Pénélopegate » comme l'avaient baptisée les télés. J'ai toujours détesté ce terme. J'ai fort apprécié, en revanche, l'ivresse de l'enquête qui n'arrive qu'une fois dans la vie d'un scribouillard. Découvrir, en pleine campagne présidentielle, que l'honorable candidat qui va probablement être élu à la tête du pays est en réalité un épicier qui a tapé dans la caisse m'avait, je dois l'avouer, particulièrement réjoui.

Pour ne rien gâcher, l'ancien Premier ministre François Fillon n'y était pas allé de main morte avec sa Pénélope, payée toute une vie pour n'avoir quasiment jamais travaillé de son existence. Le couple s'était ainsi joyeusement embourbé un gros million d'euros d'argent public… et puis hop, un beau jour, rattrapé par la patrouille du *Canard* ! Une étoile de plus à coller sur la carlingue de l'infernal palmipède. Et un nouveau nom de martyr célèbre à graver sur le fronton du temple du 173, rue Saint-Honoré...

« Pénélope... Pénélope... » Mais pourquoi il m'a dit ça, ce con ? Jacques en avait trop balancé en poussant la chansonnette à la déconnade, comme ça, à la photocopieuse. Ou pas assez. Qu'avait-il insinué au juste ? Que *Le Canard* abriterait lui-même une Pénélope, en la personne de Mme Escaro ? Absurde. Grotesque. Délirant ! J'avais déjà entendu de vagues racontars circuler sur ce couple-là, c'est vrai. Ça jacasse, dans les couloirs d'un canard. Mais rien de bien passionnant. L'un persiflait sur la fortune que s'était jadis bâtie André Escaro, du temps où il cumulait ses talents de dessinateur avec ceux d'administrateur délégué du journal. Un autre prenait des airs mystérieux en expliquant avoir aperçu un jour une drôle de carte de presse au nom de sa femme alors que la femme, elle, personne ne l'avait jamais aperçue.

Sylviane, d'ailleurs, était réputée l'avoir su. Chaque année, au mois de janvier, elle procédait à la distribution des cartes de presse aux journalistes de la rédaction. Au standard du premier étage, le rituel était immuable. Elle conservait précieusement lesdites cartes, empilées les unes sur les autres, attachées avec un élastique usé, dans le tiroir de gauche verrouillé de son bureau. Lorsque le bruit parvenait dans les étages que les cartes de la nouvelle année étaient arrivées, les canetons descendaient à la queue leu leu, pour se faire ouvrir le tiroir de maman Sylviane. Elle sortait sa pile, défaisait l'élastique usé, passait en revue les cartes jusqu'à trouver la bonne, qu'elle tendait à l'heureux titulaire en esquissant un petit sourire au moment de découvrir la photo. Eh oui, une année de plus « mon kiki », et une photo de moins en moins ressemblante ! Les cartes d'identité des journalistes professionnels ? Sans doute les seules capables de rivaliser avec le ridicule des anciens permis de conduire. Un confrère de 70 piges peut continuer à se trimballer avec sa trombine de stagiaire de 22 ans. Les petits sourires de Sylviane étaient chaque année plus justifiés. J'en ai essuyé un sacré paquet en quinze ans…

Sylviane aurait donc su qu'il existait une carte de journaliste au nom de la femme d'Escaro. Du coup, Jacques aurait pu être mis au parfum. C'était la femme qui a vu l'autre femme qui a tout raconté à l'ours… Mouais. Les vieilles maisons grincent toujours un peu. C'était encore une histoire de cornecul, vendue par un plus malin que les autres, un fantasme de gros jaloux, le résidu d'une haine recuite. Il suffisait de ne plus y penser, d'en rire comme on sait faire au *Canard*, rire de tout, surtout d'une légende.

Il s'est passé deux bonnes semaines avant que

l'histoire ne me rattrape, l'air de rien, une nuit où je n'arrivais pas à dormir. Les yeux plantés dans le plafond, je me suis décidé à vérifier cette fable de la carte de presse au nom d'une Mme Escaro. Je me repassais en boucle la chansonnette de Jacques, les racontars des uns et des autres… Après tout, j'étais un peu journaliste, il suffirait de jouer à l'enquêteur de choc. J'arriverais le lendemain matin au journal, je demanderais « nos cartes sont arrivées ? », on me répondrait « mais oui bien sûr ! », je mettrais mon nez dedans et l'affaire serait entendue. Je repartirais pépère…

En ce début d'année 2020, Sylviane avait cédé son fauteuil. La nouvelle patronne du tiroir de gauche s'appelait désormais Dominique, le standard du *Canard* s'était bigrement modernisé. Sylviane, avec ses cinquante kilos serrés dans ses tailleurs gris, sortait tout droit d'un film d'Hitchcock. Dominique, c'était plutôt *Hair*. On avait gagné dix ans ! Perchée sur de larges talons, la nouvelle avait débarqué en 2016 avec ses tuniques colorées en dentelle et son fort généreux décolleté, au milieu duquel trônait une imposante croix en pendentif. Changement radical de style… mais pas de tiroir !

Dominique avait repris le rituel de Sylviane. Et les canetons celui du défilé à son chevet, à chaque nouvelle année. Je venais de passer deux semaines à tourner, encore et encore, dans mon lit sans me décider. Et un matin, comme un gamin de 12 ans qui fait le mur sans vraiment savoir à quoi bon ce défi kamikaze, je me suis lancé.

« Bonjour Dominique, les cartes de presse sont arrivées ?

— Oui, toutes fraîches toutes belles ! » m'a-t-elle lancé en roulant des yeux.

Le tiroir de gauche. La clé. Clac-clac. La pile de cartes. L'élastique usé. Le passage en revue... Arrivée à la lettre « N » et à « Christophe Nobili », Dominique a souri en observant la photo de ma pomme jeune, puis me fixant :

« Oh, oh ! Ah oui, quand même ! »

Pas le temps de s'attarder sur les commentaires, j'avais attentivement observé son maniement des cartes de presse, les unes après les autres, comme le public se concentre sur un tour de magie pour en choper le truc. Mais rien. Que dalle. Absolument rien de suspect. Pas la moindre carte au nom d'une inconnue. Encore moins au nom d'une Mme Escaro. Au moment de la lettre E, j'avais pourtant été particulièrement vigilant. Mais il fallait se rendre à l'évidence, il s'agissait de fadaises. Pauvre Jacques Lamalle...

À moins, *damned*, que la dame ne porte pas le même nom que son mari ! On apprend ça en première année d'école de journalisme. Le tiroir n'allait pas tarder à se refermer, ma vérification inachevée m'agaçait, je ne pouvais tout de même pas arracher les cartes des mains de Dominique. Je commençais piteusement à lui parler de la pluie et du beau temps… pour en gagner. Et la veine m'a souri. Le téléphone a sonné. Dominique a posé sur le bureau le précieux paquet que je ne quittais pas des yeux. Elle a décroché le combiné.

« Allô, *Le Canard Enchaîné*, j'écoute ! Bonjour Monsieur, oui Monsieur, non Monsieur, les journalistes du *Canard* ne sont pas disponibles. Non, vous ne pouvez pas passer au journal non plus, Môôôssieur. Il faut envoyer un mail. Vous expliquez votre problème et voilà ! Vous n'avez pas d'ordinateur ? Aïe, aïe aïe, alors là… »

Pas de doute, Dominique parlait à un vrai lecteur du *Canard*. Un type qui avait dû connaître de Gaulle, militer pour le Larzac et défiler contre les essais nucléaires dans le Pacifique. Un brave lecteur dont elle avait, évidemment, du mal à se dépêtrer, ce qui arrangeait mes affaires. D'autorité, j'ai mis la main sur les cartes de presse et j'ai commencé à les faire glisser en commençant par la fin. Un coup de doigt a suffi. La dernière m'a tout de suite intrigué. J'ai plissé les yeux pour bien voir ce que je voyais et bien lire ce que je lisais. Au recto : la trombine d'une totale inconnue, avec son col roulé et sa coupe de cheveux seventies à la Cléopâtre, affublée d'un nom tout aussi inconnu, Edith Vandendaele. Au verso, une année de naissance : 1948. Mazette ! Et aussi une adresse : Nyons, dans la Drôme, à

700 kilomètres de Paris. C'est à ce moment que Dominique, raccrochant le combiné, m'a lâché :

« Ah, cette journaliste-là, j'ai toujours pas compris qui c'était. »

Dominique s'est alors mise à me raconter l'histoire de ce jour où Nicolas Brimo, notre directeur général, lui avait balancé, à propos de l'inconnue à la carte de presse :

« Ah oui, elle, on l'aide encore une année et après c'est fini. »

Sensation étrange tout de même. Désagréable. D'autant que j'allais pousser le vice jusqu'à prendre l'objet en photo. J'ai demandé à Dominique si elle m'y autorisait. Intriguée, elle a ri. Clic, clac, Kodak ! J'ai immortalisé la carte de presse d'Edith avec mon téléphone portable. De Mme « Edith Vandendaele », une drôle de collègue tombée du ciel.

Nous étions le 22 janvier 2020. Un pangolin commençait à répandre un virus sur la planète. Moi, je venais de m'inoculer le poison du soupçon.

3
Fin de l'histoire

Bon, après tout, c'était quoi cette carte de presse ? C'est quoi, une carte de presse ? Un minuscule bout de plastique flanqué d'une photo ? Qu'est-ce que ça signifie ? Quelque chose ? Rien ? Presque rien ? Je travaille au *Canard* depuis quinze ans, je n'ai jamais vu, ni même entendu parler de la journaliste Edith Vandendaele. Et après ?

Debout, j'ai tapé à la va-vite, sur l'ordinateur qui était devant moi, à côté de celui de Dominique, le prénom et le nom « Edith Vandendaele ». Pas une trace dans nos archives. Rien sur la première page de Google, si ce n'est que la dame était bien, visiblement, la compagne d'André Escaro. Ils avaient une adresse commune à Nyons. Et après ?

J'ai fait défiler encore deux, trois pages de recherches avec les mots « Edith Vandendaele » et « journaliste », je n'ai rien trouvé. Et après ? Et après ? Et après ?

Peut-être une pigiste cachée. Une collaboratrice

de l'ombre. La Mata Hari de la Drôme ! Au pire, comme l'a si bien dit le dirlo Brimo, « on aide encore cette femme une année et après c'est fini ». Et cette femme n'est pas n'importe qui. Elle est l'épouse du vénéré André Escaro. Que lui a-t-on donné, à cette Edith ? 200 euros, 300 euros de piges par-ci, par-là ? Pour qu'elle dispose d'une carte de presse. Pour ses vieux jours. Pour qu'elle soit contente de rentrer gratis dans les musées... Allez va, à quoi tu joues, Nobili ? Qu'est-ce que tu fouinasses, « mon kiki » ? Détends-toi.

Fin de l'histoire !

4
Fin de l'histoire (suite)

« Fin de l'histoire... » C'est marrant, c'est exactement comme ça qu'a commencé l'affaire Fillon. Sur cette phrase sèche. Sur une magistrale erreur d'appréciation du pédégé de l'époque, notre numéro un du *Canard*, Michel Gaillard.

Je me souviens de ce grand moment de janvier 2017 comme si c'était hier. Nous étions tous réunis, comme un lundi, pour la conférence de rédaction du bouclage. Fait rarissime, Gaillard était assez agité, assis en face de moi, dans la diagonale de la grande salle. Un mois et demi plus tôt, Isabelle Barré, qui, en plus de n'avoir que 42 ans, avait le tort d'être une femme, avait lancé les hostilités sur Fillon. Fillon l'irréprochable, Fillon l'honnête homme, Fillon le transparent... Le champion de la primaire de la droite avait tellement rabâché qu'il était propre comme un premier communiant de Saint-Nicolas-du-Chardonnet qu'Isabelle avait proposé d'aller sonder la transparence de sa déclaration d'intérêts.

Résultat : un premier papier sur sa boîte « 2F Conseil », une discrète société qui rapportait à Fillon la bagatelle de 17 600 euros mensuels, versés par de riches clients étrangers tout aussi discrets. Ça ne cassait pas encore trois pattes à un canard, mais mon voisin de bureau, Hervé Liffran, par l'odeur alléché, avait commencé à fouiner lui aussi sur le candidat à la présidentielle. Dans la foulée de celui d'Isabelle, Liffran avait pondu un article sur le châtelain honteux Fillon qui, toujours en toute transparence, racontait à la télé posséder une modeste maison dans la Sarthe, achetée 400 000 euros, alors qu'il s'agissait des 3 000 mètres carrés du Château de Beaucé, à Solesmes, avec ses quatorze chambres et autant d'hectares de parc. Poursuivant l'enquête, comme disent les gendarmes, Isabelle Barré avait repris la main, espérant un acte III des folles aventures de l'immaculé Fillon. Elle avait déniché une nouvelle curiosité dans sa déclaration d'intérêts : l'ex-Premier ministre y déclarait imprudemment sa femme comme « collaborateur » de la *Revue des Deux Mondes*. Bigre !

Isabelle avait commencé à passer deux-trois coups de fil dans Paris, pour vite s'apercevoir que Mme Fillon n'avait jamais écrit une ligne ou presque dans cette éminente revue française et, mieux encore, que personne n'était au courant de cette collaboration, à commencer par le propre directeur, Michel Crépu. Tout cela était fort amusant et commençait à animer les grands débats du *Canard*. Seulement voilà : au bout de deux semaines de recherches, impossible de savoir combien Pénélope était rémunérée par la *Revue des Deux Mondes*. Et donc de mesurer l'ampleur de la plaisanterie. C'est ainsi que nous nous sommes retrouvés tous réunis, le lundi 16 janvier 2017 autour de notre chef Gaillard, fébrile, qui, jugeant que *Le Canard* était dans une impasse, a lâché un fâcheux :

« Bon, ben, fin de l'histoire, alors ! »

Sales gosses, nous étions quelques rares journalistes de la rédaction à railler régulièrement, mais en secret, les talents de prévisionniste de Gaillard, capable de deviner à coup sûr la victoire d'un candidat ce qui, pour nous, était la confirmation que son adversaire serait élu. Mais je dois dire que ce jour-là, avec son « fin de l'histoire » sur Fillon, notre patron niçois, qui allait sur ses 73 printemps, s'était surpassé. C'était comme si, bizarrement, il n'avait pas eu envie d'aller plus loin. Comme s'il n'avait pas souhaité que *Le Canard* donne un grand coup de bec dans la campagne présidentielle. Comme s'il avait eu peur de se voir reprocher, une fois encore, d'attaquer le candidat de la droite, comme dix ans plus tôt, pendant la campagne de 2007, lorsque le palmipède avait sorti l'affaire de l'appartement de Sarkozy sur l'île de la Jatte, à Neuilly. Même en interne, au sein du palmipède, des critiques avaient fusé à l'époque sur cette excellente enquête, de la part du futur directeur, Nicolas Brimo. On croyait rêver...

Après notre étrange réunion, Liffran, d'un naturel chasseur dans sa veste pied-de-poule, faisait des allers-retours comme un lion au zoo, entre son bureau et la machine à café, en répétant « fin de l'histoire, fin de l'histoire... mais c'est pas possible, c'est pas possible ! ». Hilarant, on aurait dit la marionnette de l'Abbé Pierre, jadis, dans les sketchs des *Guignols de l'info*.

Le lendemain, comme un mardi, après le bouclage, nous étions une caste de privilégiés (j'y reviendrai), massés autour de Michel Gaillard dans le fond du restaurant La Rotonde, sur le boulevard du Montparnasse. Une institution devenue, depuis, le symbole du macronisme, et canardée par les gilets jaunes. Pour notre traditionnel déjeuner, au sortir de l'imprimerie, j'étais assis à côté de Liffran, qui continuait à marmonner « fin de l'histoire, fin de l'histoire... » en avalant ses épinards. À tel point que j'ai fini par le prendre en pitié, mon Hervé. Pour qu'il finisse ses épinards en toute tranquillité, je lui ai glissé, un peu à l'esbroufe, que je pouvais peut-être connaître le salaire de Pénélope à la *Revue des Deux Mondes* :

« Écoute, il y a des années, j'ai connu un drôle de type qui grenouillait à droite à gauche. Il avait accès à pas mal d'infos. Des cotisations Urssaf, des numéros de sécu, des relevés de caisses d'allocations familiales… Ça fait des lustres que je ne l'ai pas recontacté, je ne sais plus où il en est, mais je peux essayer, je l'appelle et… »

Je n'ai même pas eu le temps de finir ma phrase que Liffran a relevé la tête de son assiette. Il m'a fixé, j'ai vu se rallumer les yeux du nemrod sexagénaire. Il a commencé à faire la toupie sur sa banquette, comme les automates des vitrines des galeries Lafayette au mois de décembre. J'étais presque gêné de lui en avoir trop promis. À peine avions-nous quitté la table qu'il a couru chuchoter à l'oreille de Gaillard qui s'avançait vers la sortie :

« Christophe dit qu'il a un contact qui peut nous aider. »

Gaillard a poussé un « huuumm, ah bon ? » et j'ai eu envie de crier à Liffran : « Oh, minute Papillon ! » Au *Canard*, nous adorons cette expression. Peu de gens le savent, mais ce sont des journalistes du palmipède qui l'ont inventée dans l'entre-deux-guerres. Ils avaient donné ce surnom au serveur d'un troquet voisin du journal, un certain Papillon, qui répétait « Minute ! » à chaque fois qu'un client tentait de l'alpaguer. La légende fait partie des fiertés de la maison. Des nombreuses fiertés de la maison.

Le lendemain matin, je venais de poser mon sac sur mon bureau, Liffran m'est illico tombé dessus.

« Alors tu as eu ton gars ?

— Minute Papillon ! » lui ai-je rétorqué.

Connaissant l'engin, et redoutant qu'il me suive jusque dans les toilettes pour me cuisiner, je ne lui ai rien dit tout de suite. À ma grande surprise, j'avais pu rétablir le contact avec mon informateur d'antan. Par prudence, je l'avais appelé du téléphone portable d'un ami, fortuitement croisé dans une soirée. Mon gars n'avait pas évolué depuis toutes ces années. Je ne lui ai bien évidemment pas dit ce que je voulais, sinon que c'était assez important. Il était d'accord. Nous allions pouvoir nous voir. Mais pas à Paris. Certainement pas à Paris. Ni au bistrot. Ni dans un bureau d'ailleurs. Mon gars craignait qu'une connaissance commune nous voie ensemble. Il n'avait pas perdu ses réflexes.

Le rendez-vous aurait donc lieu à une heure de Paris. À Orléans, tiens. Sans téléphone. Dans une brasserie bruyante et impersonnelle. À midi. Pour pouvoir faire l'aller-retour dans la journée en train. Mais chacun de son côté…

5
Gorge profonde

Je l'ai baptisé « Watergate ». Je sais, ce n'est pas très malin, c'est même un peu con, un brin prétentieux, mais je n'ai rien trouvé de mieux. Un moment, j'avais pensé l'appeler « Colgate », c'était encore plus con. J'ai fini par bien aimer, « Watergate ».

Je ne l'ai pas retrouvé tout de suite en débarquant à la gare d'Orléans. Méfiant, il m'avait demandé de le rejoindre à la brasserie bruyante et impersonnelle. Le grand investigateur que je suis est arrivé en retard. J'ai été happé par la vitrine d'une brocante, dans laquelle j'ai acheté des verres à whisky. Quelques mètres plus loin, j'ai poussé la porte d'une boucherie, à la recherche de la pépite du coin, l'andouille de Jargeau ! Mais je suis ressorti avec un pot de rillettes… Watergate patientait sur le trottoir. Je ne l'ai pas reconnu du premier coup. Et réciproquement. Dégarni, il avait gardé ses yeux perçants, désormais derrière de petites lunettes rondes, sa silhouette sèche, sa chemise à rayures et son petit air innocent. Et pourtant.

Ni une ni deux, nous étions à table, c'est vrai qu'il y avait du bruit dans cette brasserie, je craignais même de ne pas pouvoir lui parler de l'enquête secrète du *Canard* sans devoir hurler. Mais avant de passer aux futilités, les choses sérieuses : j'ai attaqué avec un soufflé aux escargots, il a fait mine de tenir à sa ligne avant de commander un pâté en croûte, puis nous avons ordonné au serveur de nous amener deux pavés de bœuf saignants aux girolles. Raisonnables, nous avons arrosé le tout d'un Bourgogne. Je ne prends jamais de dessert, il a opté pour une tarte fine aux pommes caramélisées. Entre chaque mets, nous étions dans les meilleures dispositions pour disserter sur *Le Canard*, qu'il adorait ; sur son boulot, qu'il avait donc conservé ; et sur cette campagne présidentielle 2017, qui le faisait bien rigoler. Nous avons évidemment ricané à propos du lièvre Sarkozy qui s'était fait sortir de la primaire de la droite comme un bleu, par la tortue Fillon. C'est à ce moment-là que j'ai bondi. J'ai ouvert mon calepin sur lequel, dans le train, j'avais écrit « Pénélope Fillon » et je l'ai tourné vers Watergate :

« Est-ce que vous pouvez savoir où elle a travaillé ces dernières années et combien elle gagne ? »

Watergate a écarquillé les yeux :

« Holà, je crains de comprendre ! Qu'est-ce que

vous lui voulez à cette brave dame et à son mari ? J'ai vu, Christophe, que vous faites souvent des articles sur les médias dans *Le Canard*. Vous ne voulez pas plutôt savoir combien gagne Jean-Pierre Pernaut ? Ou Claire Chazal ?

— Oubliez Pernaut et Chazal... »

J'ai commencé à expliquer à mon vieux complice les soupçons que nous avions sur l'emploi de Mme Fillon à la *Revue des Deux Mondes*. Nous savions qu'elle y était payée, avait rédigé, à tout casser, deux notes de lecture sans talent et signées sous un pseudonyme savoureux, « Pauline Camille ». Mais nous voulions découvrir ses émoluments.

« D'accord, je vais voir ça, ce n'est pas très compliqué pour moi. Et je regarde quand même pour Pernaut et Chazal, hein ?

— Mais non, oubliez Pernaut et Chazal ! »

J'ai pensé à mon pote Hervé Liffran, à qui j'avais fait miroiter que la « fin de l'histoire » n'était peut-être pas pour tout de suite. Il allait être apaisé, mon Hervé. Avec mes verres à whisky et mon pot de rillettes sous le bras, j'ai repris un train dans le sens Orléans-Paris. Watergate avait prévu d'en prendre un autre un peu plus tard. Nous étions convenus de nous revoir. Ou de communiquer d'une nouvelle manière, si la trouvaille était concluante.

Elle le fut. Plus vite que je ne l'imaginais. Mais la condition restait la même pour se retrouver. Le train, Orléans, la brasserie... Et ce dès le lendemain !

Watergate partait ensuite pour quelques jours de villégiature. Cette fois-ci, je n'ai pas commandé le soufflé aux escargots, mais le pâté en croûte. Watergate a mis la main sur une pochette rouge qu'il avait apportée et déposée à côté de lui sur la table :

« Bon, je crois que vous allez être content. Mme Fillon est effectivement payée, et plutôt bien, par la *Revue des Deux Mondes.* »

Avec sa permission, j'ai mis le nez dans la pochette rouge. Il y avait là quelques documents officiels sur lesquels j'ai découvert que Pénélope, celle que personne n'avait jamais vue à la *Revue*, y palpait tout de même 5 000 euros bruts par mois. Et ce pendant deux années, entre 2012 et 2013. Pas mal pour un fantôme !

J'étais ravi et déjà rassasié, quand ce filou de Watergate m'a glissé :

« Je dois vous dire, j'ai aussi trouvé cela. C'est très bizarre… »

Sous la pochette rouge, il y avait une deuxième pochette rouge. J'ai dû prendre l'air de l'enquêteur inspiré qui fronce les sourcils en lorgnant sa cible, car Watergate a insisté :

« Regardez, regardez, ça devrait vous plaire. C'est étonnant. »

J'ai ouvert la deuxième pochette, mais je n'ai pas compris tout de suite. Il y avait un paquet de documents mentionnant l'Assemblée nationale comme lieu de travail, le député François Fillon comme employeur, sa Pénélope comme attachée parlementaire et de gros chiffres en guise de salaires. Parfois, l'employeur était un certain Marc Joulaud, un nom qui ne me disait rien et qui s'avérera correspondre à l'ex-suppléant de Fillon. J'ai parcouru à la va-vite les feuilles avec cette impression étrange d'avoir déjà vécu la scène. Watergate souriait tout en s'empiffrant.

« Mais c'est quoi ce truc ? lui ai-je demandé.

— Je ne sais pas. Visiblement, Fillon a embauché sa femme quand il était député. Et si ça se trouve, c'est comme pour la *Revue des Deux Mondes*. À vous de voir. »

C'était soudainement vertigineux. Il y en avait pour un paquet d'oseille : 500 000 euros en tout. Et sur plusieurs années : huit, tout de même, entre 1998 et 2006. Pénélope aurait bossé huit ans comme attachée parlementaire de son époux ! Là, j'ai senti qu'il y avait un loup. Nous avions pondu, en 2008, un hors-série des *Dossiers du Canard* intitulé « Ces premières dames qui nous gouvernent ». J'avais notamment été chargé du portrait des femmes de Premiers ministres, dont Pénélope. J'en avais gardé le souvenir d'une femme en bottes de jardin, d'une Galloise amoureuse des poneys Shetland et d'une totale oisiveté…

Je n'ai pas traîné : hop, à la gare d'Orléans ! Dans le train, je lisais et relisais effaré les documents que m'avait confiés Watergate. Arrivé à Paris en fin d'après-midi, je me suis mis dans un coin discret pour téléphoner à Liffran, qui a recommencé à faire la toupie. Je lui ai confirmé que j'avais les salaires de Pénélope à la *Revue des Deux Mondes*, mais pas un mot, encore, sur l'Assemblée nationale. J'ai foncé le rejoindre au *Canard*, je gambadais dans le métro comme un gamin dans la forêt, je serrais contre moi mes deux pochettes rouges pour ne pas en perdre une miette… Loin, très loin de ce futur qui m'attendait déjà, où l'exaltation de ces révélations pour le journal laisserait place à l'angoisse de mes révélations sur mon propre journal.

J'ai monté quatre à quatre les escaliers de notre 173, rue Saint-Honoré jusqu'à la rédaction, où j'ai d'abord aperçu Michel Gaillard, qui me fixait depuis son bureau. Je lui ai collé les documents sous le nez, tandis que Liffran accourait. Tout excité, Louis-Marie Horeau, le rédacteur en chef de l'époque, s'était rapproché de la scène, par derrière. Je me souviens surtout de la première réflexion de Gaillard, qui a relevé la tête après avoir longuement maté dans la première pochette rouge et entrouvert la seconde :

« Tu veux flinguer Fillon et faire élire Marine Le Pen ? »

Au *Canard*, lorsqu'un enquêteur ramène un gros scoop, on ne le félicite jamais. On commence toujours par lui balancer une petite vacherie, par le refroidir, minimiser l'exploit, jouer les blasés. Sinon, selon la chefferie, il pourrait vite prendre la grosse tête, l'investigateur ! Et le chef ne veut surtout pas qu'il la prenne, sinon il risque, un beau jour, de vouloir prendre aussi sa place.

Pour ajouter à l'enthousiasme, Isabelle Barré a franchi le seuil de la rédaction et rejoint le petit groupe en ébullition que nous formions, debout, autour de Gaillard. Elle était arrivée un peu après la bataille, elle m'a pris un des documents de la main, l'a scruté et a posé une question sèche dont j'ai moyennement apprécié le ton :

« T'es sûr de ta source ? »

J'ai eu envie de lui répondre du tac au tac :

« Non, bien sûr, c'est un tocard, ses documents sont bidon et je veux couler le journal. »

Le week-end a été agité. Enfin, surtout pour Liffran, qui a dû mettre les serveurs d'Orange en surchauffe en me téléphonant toutes les dix minutes. Il était monté sur ressorts, il épluchait les archives de la presse pour trouver trace d'un travail de Pénélope à l'Assemblée ou dans la circonscription de Fillon, dans la Sarthe. Mais rien. Que dalle. Une vraie petite mère au foyer. Le lundi matin, tout est allé très vite. Louis-Marie Horeau a rédigé une lettre de questions pièges à adresser à Fillon. J'ai trouvé un peu fort de café sa proposition de signer ce courrier des seuls noms de Liffran et Barré, au prétexte qu'ils avaient été les premiers à enquêter sur Fillon. J'ai poussé une demi-gueulante pour exiger que mon nom y figure également, Gaillard m'a douché :

« Qu'est-ce que tu revendiques, au juste ? »

Toujours cette foutue hantise de la grosse tête… avec un soupçon de méchanceté gratuite, tout de même. Vu le matos que j'avais ramené, je revendiquais le droit de poursuivre l'enquête, pardi ! Et donc d'avoir mon nom au bas de la lettre qu'allait recevoir l'équipe de campagne de François Fillon.

La suite des hostilités nous a occupés toute la journée. Hervé Liffran pourchassait la pauvre communicante du candidat, Myriam Lévy, qui jouait la montre et bafouillait au téléphone. Il avait, en prime, réussi à retrouver une ex-vraie attachée parlementaire de Fillon, Jeanne Robinson-Behre, tombée de l'armoire en apprenant qu'elle était censée avoir partagé son job avec Pénélope. Isabelle Barré continuait à torturer les malheureux dirigeants et employés de la *Revue des Deux Mondes*. Quant à moi, j'avais appelé l'ancienne biographe de Fillon, Christine Kelly, qui avait explosé de rire en apprenant que la châtelaine de Solesmes était payée pour un quelconque labeur. En début de soirée, notre conviction était faite, Myriam Lévy avait dit ce qu'il ne fallait pas dire (« Il n'y aura pas de réponse à votre courrier »), Louis-Marie Horeau commençait à rédiger un chapeau qui coifferait les trois quarts d'une page comprenant nos articles. Séquence qui a donné lieu à une discussion surréaliste entre Liffran et moi.

Mon Hervé a commencé à me baratiner que le papier sur l'Assemblée nationale était, selon lui, plutôt secondaire. Et qu'il valait mieux s'attarder sur la *Revue des Deux Mondes* et son propriétaire, Marc Ladreit de Lacharrière, en raison des liens d'amitié et d'affaires qui l'unissaient à Fillon. Ironie de l'histoire, ce grand débat du *Canard*, un de plus, a eu lieu devant la photocopieuse du premier étage. Celle-là même devant laquelle, trois ans plus tard, mon vieux copain Jacques Lamalle me chanterait son drôle de couplet « Pénélope, Pénelope… », en référence à Edith Vandendaele, alias Mme Escaro.

Ce lundi pas comme les autres, Hervé, Isabelle et moi avons terminé notre fresque sur les époux Fillon à près d'1 heure du matin. Satisfaits, lessivés, joyeux. Déjà impatients du barouf médiatique qui allait secouer notre bouclage du mardi. La tornade se répandrait forcément dans les salles de rédaction dès la mi-journée, dans Paris en plein après-midi, dans tout le pays en début de soirée. Et cette soirée serait très longue pour le candidat François Fillon.

6

Bonjour les enfants

Personne ne l'a jamais su, mais le mercredi 25 janvier 2017, jour de la première parution du *Canard* sur le couple Fillon, deux audacieux avocats des Républicains ont tenté de voler au secours de leur candidat au petit matin. Armés d'une note qu'ils avaient rédigée à la va-vite, ils lui ont demandé audience en passant par son ami Bernard Accoyer, le secrétaire général des LR et ex-patron de l'Assemblée. Las, au siège du parti, les deux robes noires n'ont jamais dépassé l'antichambre dans laquelle Accoyer les attendait. Dans la pièce d'à côté, l'immense Fillon n'a pas daigné les recevoir et écouter leurs suggestions. Il aurait peut-être dû. Le duo lui avait mitonné un plan de sauvetage en deux temps pour tenter de circonscrire l'incendie. Primo, présenter de belles excuses publiques. Deuzio, annoncer qu'il allait rembourser l'Assemblée nationale.

Fillon a préféré aller faire le clown au *20 heures*

de TF1, le jeudi soir, pour raconter, des trémolos dans la voix, combien sa Pénélope avait trimé à ses côtés comme attachée parlementaire. Pauvrette ! Un peu plus, il nous expliquait que sa Cosette n'avait pas été suffisamment rémunérée... C'est à peine croyable, mais le champion ne s'est pas arrêté en si bon chemin. Craignant que *Le Canard* soit déjà au parfum, Fillon s'est précipité pour avouer que ses deux gosses avaient également été ses attachés parlementaires lorsqu'il était sénateur. Quel ţalent ! Nous n'étions absolument pas au courant. Devant ma télé, en sirotant un Ardbeg bien tourbé dans mes nouveaux verres à whisky achetés à Orléans, je riais aux larmes en regardant le transparent-de-la-Sarthe nous livrer, sur un plateau, le prochain épisode de ses aventures. J'imaginais déjà la fin de ma semaine : Watergate, retour à Orléans, le pot de rillettes, la brasserie, une troisième pochette rouge... par ici les salaires des mômes !

Ma fin de semaine ne s'est pas du tout déroulée comme ça. Watergate n'était pas disponible, il faisait du tourisme. Vendredi matin, c'est Gaillard qui m'a appelé. Lui aussi était parti se ressourcer, dans sa baraque de l'île de Ré :

« T'as vu l'histoire des gamins que Fillon a lâchée sur TF1 ? Tu penses que tu peux revoir ta source ? »

Je ne pouvais pas, mais j'ai dit que oui. Je n'en ferai pas un dessin, mais sur ce coup-là, à titre exceptionnel, la communication s'est faite différemment entre Watergate et moi. Disons que… nous avons pris quelques libertés avec les précautions d'usage des romans d'espionnage. Watergate avait été tellement émerveillé par la première livraison du *Canard* sur les époux terribles que c'était lui, désormais, qui enquêtait ! Il maîtrisait manifestement le télétravail avant tout le monde : depuis son lieu de villégiature, il s'est débrouillé, en un peu plus de vingt-quatre heures, pour retrouver les émoluments des rejetons de Fillon.

« C'est ok, j'ai les gosses », m'a-t-il fait savoir le samedi soir.

Et comme la première fois, il s'est excusé :

« Je n'avais pas bien regardé mais pour Pénélope, il y a aussi quelques années de salaire en plus à l'Assemblée. »

Bigre ! Et le chien des Fillon n'a rien touché ? Et les poneys Shetland, ils ont croqué aussi ?

De leur côté, mes petits camarades Hervé et Isabelle avaient continué à labourer la Sarthe pour dénicher les vrais assistants parlementaires de Fillon et confondre son ancien suppléant, le serf Marc Joulaud, obligé d'embaucher fictivement l'épouse de son maître, à 6 000 euros mensuels ! À près de 22 heures, ce samedi, j'ai eu Gaillard au téléphone qui devait à peine commencer son barbecue sur son île :

« Alors ? a-t-il chuchoté.

— Alors, c'est bon, j'ai les mômes ! ai-je ricané tout fiérot.

— C'est inouï cette histoire. On va encore bien se marrer lundi ! »

Erreur. Ce n'est pas sur une franche rigolade que j'ai commencé la matinée du deuxième lundi de « l'affaiiire Fillon »…

Arrivé bien avant la réunion de rédaction de 10 heures, j'ai trouvé Michel Gaillard et Nicolas Brimo assis l'un en face de l'autre, comme d'habitude. Silencieux, comme d'habitude. Blasés, comme d'habitude. Gaillard m'a néanmoins accueilli avec un court sourire. Brimo sans. Je leur ai montré les documents que Watergate m'avait fait parvenir via des boîtes mail bidon, que nous avions créées sur des ordinateurs de cybercafés. Y figuraient les salaires des deux Fillon juniors, Charles et Marie. Il y en avait encore pour 83 735 euros et deux années de non labeur. Papa était encore l'employeur. L'histoire de la maman se répétait avec les enfants. Et pour la maman, justement, l'addition grimpait encore : en réalité, l'attachée parlementaire imaginaire aurait profité de la cagnotte de l'Assemblée nationale non pas pendant huit, mais quinze ans. Pour la modique somme finale de 831 440 euros, au lieu des 500 000 euros initialement découverts.

Comme Watergate était un farceur, je me suis retrouvé à badiner, moi aussi, avec mes patrons :

« Ma source s'est aussi amusée à me sortir mes

salaires à moi de journaliste. Elle m'a dit : vous n'êtes pas mal payé, mais je pensais que les salaires étaient plus hauts au *Canard.* »

En montrant les documents à mon propre nom, j'ai eu le malheur d'ajouter :

« Mon gars a rigolé en me demandant si je voulais, en prime, connaître vos salaires de dirigeants du *Canard.* J'ai refusé, bien sûr. »

Le sourire de Gaillard s'est figé nerveusement, le visage de Brimo s'est fermé aussi sec. L'idée que leurs fiches de paie puissent, un jour, se balader dans la rédaction, ne les faisait pas rire du tout. Gaillard a repris sa grosse voix :

« Il est gonflé, ton mec, de te balancer tes salaires comme ça ! »

Et là, Brimo, qui n'avait toujours pas décroché un mot, qui ne s'était même pas réjoui des nouvelles informations que je venais de ramener sur les moutards de Fillon, a laissé échapper cette phrase ahurissante :

« C'est quand même scandaleux que, dans ce pays, des types puissent balancer aux journalistes des données aussi confidentielles, c'est un problème. »

Même Gaillard en est resté médusé. Il a lâché un « oh, Nicolas ! », alors que je rétorquais à Brimo :

« On est bien content, non ? C'est grâce à des types comme eux qu'on peut faire notre boulot, écrire sur les délinquants en col blanc et sortir l'affaire Fillon. »

J'étais sidéré de ce que je venais d'entendre, mais Brimo a renchéri, glacial et absolu, comme toujours :

« Excuse-moi, c'est peut-être très bien pour nous, mais ça pose un problème démocratique. »

Le journaliste de 67 piges qui avait sorti l'affaire Papon, qui cumulait quarante-cinq ans de *Canard* au compteur et allait en devenir le dirlo quelques mois plus tard, à l'été 2017, venait de me balancer cette énormité sans rire. Cette phrase. Je ne l'ai bien sûr pas compris ce jour-là, mais le problème de Brimo n'était pas démocratique. Il était peut-être personnel. Ce défenseur des libertés individuelles était le gestionnaire administratif et financier du journal. Il redoutait sûrement qu'un beau jour, en plus de connaître son salaire, je découvre celui de la dame du *Canard* à la drôle de carte de presse… Edith Vandendaele… cachée au fond du tiroir de gauche… journaliste du Volatile comme moi je suis prêtre !

7
Amnésia

Évidemment, il a fallu que tout resurgisse. Que la phrase anodine de Nicolas Brimo de 2017 me revienne en pleine poire, en février 2020, après être allé fouiner dans les cartes de journalistes du *Canard*. Elle s'est télescopée avec la photo que j'avais surprise de cette inconnue, de cette tête, celle d'Edith, alias Mme André Escaro. « C'est quand même scandaleux que des types puissent balancer aux journalistes des données aussi confidentielles... » La phrase anodine s'est installée, imposée, comme une petite musique, douloureuse, lancinante, qui a fini par troubler mon sommeil. Et s'il y avait une employée fictive au *Canard* ?

Je suis déjà d'un naturel agité, la nuit. Je me lève environ toutes les deux heures, pour pisser, boire un grand verre de sirop de cassis, plonger une cuillère dans un pot de Nutella ou me couper quelques tranches de saucisson à l'ail fumé. C'est infernal. Pourtant, je retourne me coucher et me rendors à la seconde même où je mets la tête sur l'oreiller. Mais, à partir de février 2020, le somnambule a laissé place à un vrai insomniaque.

Fillon et sa Pénélope étaient déjà loin, le pangolin et son Covid commençaient à occuper nos journées. En tant que citoyen, devenu docteur comme tout le monde, j'étais évidemment passionné par ce foutu coronavirus. En tant que journaliste, rien ne m'a jamais aussi peu intéressé. Jusqu'à ce week-end du 13 mars où, avec six vieux potes, nous sommes allés dans ma maison, en Dordogne, pour notre traditionnel « week-end gras ». Une grande bouffe à la Marco Ferreri : pendant trois jours, nous disséquons, cuisons, stérilisons dans des bocaux la bagatelle de 100 kg d'oies et de canards. Une authentique conserverie dans laquelle chaque repas est aussi une orgie : foies gras truffés, magrets séchés, saucisses confites, parmentiers de canard, canard aux navets et au Marsala, tournedos Rossini, araignée de porc marinée, frites deux-bains... Pour compléter ce régime, un copain lyonnais de la bande ramène toujours une demi-douzaine d'andouillettes Bobosse, qu'il mitonne au saint-marcellin. C'est indécent. Nous revenons généralement, le dimanche soir, malades et confits nous-mêmes, par le train d'Angoulême. Mais cette fois-là, nous sommes rentrés à Paris, en prime, malades du Covid, sans le savoir.

Le lundi, le confinement de Macron nous est tombé dessus. J'ai illico refait le chemin en sens inverse, direction la Dordogne. J'étais un de ces horribles salauds qui rejoignait sa résidence secondaire pour se faire montrer du doigt par BFM TV et agresser par un voisin parano. Le mardi, les premiers symptômes sont apparus. J'étais cuit. Sept jours plus tard, essoufflé à ne plus pouvoir monter un escalier, ce qui était assez perturbant pour un gars de 48 ans, j'ai atterri à l'hôpital de Périgueux, cueilli par un infirmier en combinaison verte anti-épidémie, sous une tente militaire. Je suis resté cinq jours sous haute surveillance, nu sous ma tunique en tissu recyclé, à appréhender le jour où tout pourrait basculer du mauvais côté, direction le service de réanimation. J'ai notamment passé deux nuits réjouissantes à l'isolement, recroquevillé sur mon lit avec les bronches en feu et un poignard dans le dos, à tenter de dormir sur le côté ; à écouter le concert de toux sèches de mes voisins de l'autre côté du mur ; à entendre les infirmières, dans le couloir, chuchoter les résultats de mes analyses de sang ; à attendre, tel un lépreux, le sac à petit-déjeuner qu'une main me tendait par la porte entrouverte de ma chambrette ; à ne plus supporter les sifflements de mes poumons. Lorsqu'un malade cessait de tousser, je me réjouissais à tort de ne plus l'entendre : il n'était pas guéri, il était parti pour « la réa ».

Dans cette folle ambiance, je suivais, en prime, chaque soir, à la télé, le décompte des 500 morts quotidiens dans le pays. J'ai fini par attraper une crise d'angoisse absurde : si je venais à claquer du Covid, j'apprécierais quand même que quelqu'un, au *Canard*, soit mis au courant des tribulations de la carte de presse de Mme Escaro. Histoire qu'en ma mémoire, il cherche à en découvrir un peu plus, qu'il s'assure que mes soupçons étaient bidon. Pas de doute, le Covid avait commencé à me taper sur le système.

J'ai eu du bol. En sortant de l'hosto de Périgueux, sur mes deux jambes mais comme un petit vieux, je me suis juré de poursuivre moi-même les investigations, lorsque je serais de retour à Paris. Je ne pouvais plus rester sans rien faire. Je devais avancer. Découvrir si cette Edith était payée par notre journal. Et combien ? Et pourquoi ? Savoir si l'impossible, que *Le Canard* planque une fausse employée comme Fillon sa Penny, était bien possible. Ce serait quand même une putain de poisse. D'une probabilité, allez, de… un sur mille millions de milliards !

On ne sait jamais ce que l'on va trouver au bout d'une enquête, la lumière ou le trou noir. Mais après tout. Nous avions mis le paquet sur Fillon, nous lui avions fait la leçon, je devais vérifier ce qui se passait sur mon propre palier. Voilà comment je me suis retrouvé, un peu paumé, au début du chemin. Trois ans plus tôt, je n'avais eu aucun mal à l'emprunter joyeusement. Là, il était légèrement plus sablonneux. Un pas de plus et je pourrais m'enfoncer, le retour en arrière serait utopique. Mais je cherchais quoi, au juste, à part les emmerdes ?

Malgré mes bonnes résolutions post-hospitalisation, j'ai passé le printemps et l'été 2020 à ne rien faire. À hésiter, reculer, me déballonner, me mentir, à contempler, la nuit, les plafonds différents des chambres où s'enchaînaient nos vacances. C'est en septembre que ma décision d'enquêter sur Edith Vandendaele fut prise, définitive, irrévocable. J'étais remonté comme un coucou, j'allais poser toutes les questions qui s'imposent ! Mais j'ai encore attendu octobre. Une première semaine, une deuxième semaine, une troisième…

Par quel bout reprendre cette histoire ? Comment descendre dans le volcan en chantant ? Aller soudoyer la comptabilité de mon *Canard* bien aimé ? La bonne blague : la compta, c'est la base militaire de Fort Knox, gardée par deux gorgones, Sylvie et Carmen, plus dévouées à Michel Gaillard et Nicolas Brimo que les adeptes du Temple solaire l'étaient au docteur Luc Jouret. Questionner les anciens ? Ils iront baver, c'est sûr, le bruit va se répandre dans les couloirs que Nobili enquête sur le journal. Une folie ! Demander tout de go au rédacteur en chef, Erik Emptaz, avec qui j'aime ricaner ? Même tarif, même punition. Aller poser naïvement la question à Gaillard et Brimo ? On peut être comique lorsqu'on panique…

Une nuit, vers 4 heures, alors que je divaguais dans mon appartement, du lit au frigo, du frigo aux toilettes et des toilettes au lit, j'ai eu cette idée saugrenue : et si je demandais à mon ami Watergate, mon héros de l'affaire Fillon ? Je ne l'avais plus revu depuis 2017, prudence oblige, mais nous nous étions bien marrés dans notre brasserie. Il accepterait de me renseigner, c'est sûr. Mais comment lui présenter les choses ? Comment lui parler en mal de mon *Canard*, de son *Canard* ? Le questionner sur Mme Escaro sans qu'il ne s'étouffe avec son soufflé aux escargots ? Je le connais, je lui ferai confiance, un point c'est tout. J'irai le voir, je lui raconterai que j'ai des insomnies ridicules, des fantasmes grotesques, mais qu'il est préférable d'y mettre un terme. D'en avoir le cœur net. Pour le bien de tous. Mon cher Watergate comprendrait, il jouerait le jeu, il serait tout à fait disposé à apaiser mes angoisses et finirait même par en rire.

Oui, j'ai osé employer la même voie que celle qui m'avait conduit à la Pénélope de la Sarthe : le coup de fil donné à Watergate, le train, la gare d'Orléans, les pots de rillettes… Sale impression de ne plus réaliser quelque chose d'exemplaire, mais de suicidaire.

8

Octobre noir

Ce n'est pas dans la brasserie bruyante et impersonnelle que j'ai renoué avec Watergate. Bizarrement, il avait changé d'adresse et choisi un resto plus vieillot, faussement gastronomique. Le genre d'auberge avec moquette épaisse au sol, couleurs pastel sur les murs et où les serveurs s'ennuient. Comme ces « Logis de France » que l'on trouve au détour d'une ruelle classée, dans les villages musées.

En parcourant le menu, je crois que nous savions déjà, tous les deux, que ces retrouvailles seraient différentes de nos rendez-vous trépidants d'antan, trois ans auparavant. Watergate a commandé du poisson. Une sorte de lieu gris, avec de la crème jaunâtre. Il n'y avait pas d'escargots à la carte, je me suis retrouvé avec une paupiette d'agneau un peu molle, recouverte de sauce brune. Contre toute attente, nous avons bu du vin blanc, en jouant tout de même les anciens combattants. Nous avons passé en revue chaque grand moment du procès des époux Fillon qui s'était tenu au cours de l'année et commenté leur condamnation, le 29 juin 2020. Deux ans de taule ferme pour François, trois années avec sursis pour Penny. La douloureuse aussi était salée : 375 000 euros d'amende par tête de pipe et un gros million d'euros à rembourser à l'Assemblée[1]. Merci Watergate !

D'ailleurs, si nous nous retrouvions aujourd'hui, c'était pour « une nouvelle enquête », ai-je murmuré. Mais je n'ai pas réussi tout de suite à lui en exposer l'objet, d'autant que Watergate, l'air gourmand, venait de me bombarder de questions sur les bouleversements que l'affaire Fillon avait forcément engendrés dans ma vie de journaliste et dans celle du *Canard*. Dans un premier temps, j'ai donc lâchement renoncé à lui parler de la dénommée Edith Vandendaele. J'ai préféré rembobiner le film de la fin de campagne présidentielle 2017, pour son plus grand plaisir.

D'abord, le tourbillon que nous avions vécu dans les couloirs du *Canard*. J'ai tout détaillé à Watergate, qui buvait mes paroles, des étoiles dans les yeux,

1. Le 9 mai 2022, la cour d'appel de Paris a maintenu les amendes de 375 000 euros pour chacun des époux Fillon. La peine de François a été ramenée à un an de prison ferme et celle de Pénélope à deux ans de prison avec sursis. Le couple s'est illico pourvu en cassation. Pourvu que ça dure !

en avalant son horrible lieu gris. Les foultitudes de demandes d'interviews que nous avions refusées de la presse française et étrangère (et « même des Japonais ») ; les caméras de télé qui campaient dans les locaux du *Canard* pour raconter l'incroyable histoire de ce « petit journal pas comme les autres » ; les confrères ennemis d'hier qui nous ciraient les pompes aujourd'hui… Mais aussi les tombereaux de menaces que nous avions reçues d'anonymes promettant de nous faire la peau « comme à *Charlie Hebdo* » – « dernier avertissement, il n'y aura pas de survivants », « vos jours sont comptés » ; le gros carton que nous avions rempli avec les mails d'insultes et de haine arrivés par centaines chaque jour – « petite saloperie de canard », « merdes de basse-cour », « pourritures abjectes de journalistes véreux » ; les colis contenant une balle de pistolet ou des excréments que les pauvres filles du premier étage avaient dû ouvrir. Michel Gaillard et Nicolas Brimo n'ont jamais voulu porter plainte. Il ne fallait pas « nourrir la bête ». Mouais…

Watergate était très impressionné. Las, j'ai une nouvelle fois abandonné l'idée de lui parler d'Edith Vandendaele.

J'ai entamé un second récit palpitant : celui de la chasse aux sources de l'affaire Fillon et des délires complotistes. J'ai ressorti les déclarations fameuses du candidat malheureux sur les « officines » qui avaient fomenté son « assassinat politique », sans oublier sa sortie magnifique à la veille du premier tour de l'élection présidentielle 2017 : « J'ai les dates, les jours, les personnes qui ont communiqué les documents. » Watergate se marrait comme une baleine. J'ai enchaîné sur la classe politique qui avait fantasmé pendant des mois sur une « boule puante » de Nicolas Sarkozy. Watergate se bidonnait : évidemment que Sarko n'y était pour rien, puisque c'était lui ! Et un peu de bon sens, voyons : connaissant le clan des sarkozystes, à commencer par l'ex-patron du renseignement Bernard Squarcini, s'ils avaient eu la bombe Pénélope dans leur musette, ils l'auraient plus vraisemblablement fait exploser pendant la primaire de la droite, dans laquelle Sarko était opposé à Fillon, pas après.

Avec Watergate, nous sommes enfin arrivés au meilleur : les éminents enquêteurs de la presse parisienne, particulièrement le duo de choc du *Monde*, Gérard Davet et Fabrice Lhomme, qui avaient récupéré l'affaire Fillon à leur compte et profité de l'enquête du *Canard* avec un talent qui force le respect. En janvier 2020, un mois avant le procès des époux de la Sarthe, ils avaient opportunément dégainé un ouvrage d'une grande modestie : *Apocalypse. Les Années Fillon.* Dans ce bouquin, les Dupont et Dupond du journalisme, que leurs propres collègues du *Monde* surnomment « Melont et Melond », réécrivaient l'histoire Pénélope et lançaient une chasse aux sources du *Canard* tellement performante qu'ils avaient été conviés sur France 5 le 17 janvier, dans l'émission *C à vous*, pour en assurer la promo. L'air pénétré, Davet et Lhomme y avaient passé en revue les huit chapitres de leur livre, pas moins, consacrés à leurs hypothèses plus loufoques les unes que les autres : « la questure de l'Assemblée nationale », « les services fiscaux de Bercy », « Rachida Dati », « Sarkozy » bien sûr… Wouarf ! Quelques jours plus tard, tout aussi inspiré, le même Lhomme dissertait sur France Inter : « Notre conviction, ce n'est pas qu'il y a eu un auteur de fuites, c'est qu'il y en a eu plusieurs, il y avait tellement de personnes qui avaient intérêt à régler son compte à François Fillon. » Wouarf, wouarf ! En m'écoutant parler de ces artistes, Watergate, totalement désintéressé dans toute cette affaire, pleurait tellement de rire qu'il a fini par se retrouver dans le brouillard, obligé de saisir une serviette en tissu du restaurant pour essuyer ses petites lunettes rondes embuées.

J'ai reculé une ultime fois. Comme un sursis. Encore une minute, monsieur le bourreau ! Avant de passer à Mme Escaro, j'ai narré à Watergate la douloureuse attaque que nous avions vécue de l'intérieur, vers la fin de la campagne présidentielle. Une blessure qui ne s'est jamais refermée au *Canard*. En pleine euphorie, nous avions été douchés par une apparition de Fillon à la télé, le 23 mars 2017, brandissant un bouquin dans lequel les auteurs prétendaient qu'un obscur « cabinet noir » venait de sévir pendant les cinq années du mandat de François Hollande. Il concluait en avoir été la victime et l'existence de ce « cabinet » était tellement vraie que les « propres journalistes du *Canard* » l'avaient écrit. Nom d'une pipe ! Fillon faisait référence à la sortie imminente, chez Robert Laffont, d'un livre intitulé *Bienvenue Place Beauvau – Police : les secrets inavouables d'un quinquennat*, dont personne n'était au courant au *Canard*, à part nos collègues qui l'avaient effectivement écrit : Didier Hassoux et Christophe Labbé. Dans cet ouvrage étonnant, nos sympathiques camarades de bureau avaient notamment rédigé cette phrase mémorable, à propos de l'existence de leur « cabinet noir » : « Il n'est pas possible d'en apporter la preuve formelle, comme il n'est pas possible de prouver le contraire. » Magnifique ! En prime, Hassoux et Labbé s'étaient payé le luxe de vendre les bonnes feuilles de leur livre à l'hebdomadaire d'extrême-droite *Valeurs Actuelles*. Chapeau bas !

Watergate ne riait plus. Son dessert arrivait, c'était le moment de revenir à nos moutons. Maintenant, j'avais suffisamment repoussé l'échéance. J'ai sorti un petit carnet sur lequel, comme jadis pour Pénélope Fillon, j'avais écrit, dans le train Orléans-Paris, le nom « Edith Vandendaele ». Je lui ai montré, ses petits yeux se sont plissés, inutile de traduire :

« Ah, connais pas, celle-là ! Encore une Pénélope ?

— Euh, non, je ne crois pas, enfin je ne sais

pas, c'est un peu plus compliqué que ça », ai-je bredouillé.

Après une grande respiration, je me suis lancé. Parti pour tenter d'expliquer l'inexplicable à l'un des plus grands admirateurs et serviteurs du *Canard* :

« En fait, cette dame Edith est la femme d'un administrateur du *Canard.* »

Watergate m'a fixé :

« Et alors ?

— Alors, je cherche à savoir si elle est payée par notre journal, car personne ne l'a jamais vue au *Canard.* Je sais, ça paraît lunaire, c'est terrible, enfin c'est cocasse, bref, je veux surtout vérifier qu'elle n'est pas payée et qu'il n'y a pas de problème. Enfin, vous comprenez quoi ! Mais vous n'êtes pas obligé de le faire. Je crois que c'est un peu différent de Pénélope Fillon… »

Watergate a un peu rougi, il a secoué sa main droite :

« Oh là là, celle-là, ce serait la meilleure. Oh, non, vous devez vous tromper. Mais je veux bien regarder. »

En sortant du restaurant, mon vieux complice me suivait de près. Il n'avait pas l'air vraiment inquiet, tout cela l'amusait à nouveau, finalement, il ressentait de la tendresse pour moi, je crois :

« Je vous tiens au courant au plus vite, comme d'habitude ! »

Las, il ne s'est rien passé pendant quinze longs

jours. Plus de son, plus d'image. Pas du tout « comme d'habitude ». Je commençais à penser que Watergate ne reviendrait pas vers moi, que tout s'arrêterait là, que ce n'était peut-être pas plus mal… et puis le signal a fini par arriver : rendez-vous, vendredi midi, même heure, même endroit.

Lorsque je suis arrivé dans le resto vieillot d'Orléans, il était déjà assis, gigotant anormalement sur sa chaise. Il avait posé un paquet de feuilles imprimées à même la table et pris soin de les retourner. Il n'avait plus ses chouettes pochettes rouges avec leurs bonnes surprises dedans. Mais une mauvaise surprise pour moi. Bizarrement, nous nous sommes d'abord mis à parler de nos familles, nos enfants, nos maisons. C'était bien la première fois. Watergate gagnait manifestement du temps, il repoussait le moment où il a fini par me glisser :

« Pour Edith, la sauce est bonne. »

Quoi ? La sauce est bonne ? Il a lâché cette phrase froide, déplacée, que je n'ai pas comprise. Vu la tristesse du plat que le serveur venait de lui amener, j'ai juste déduit qu'il ne faisait pas référence à la sauce dans son assiette. Sa voix était blanche, son ton sec, inhabituel. Je ne sais pas s'il exprimait déjà de la colère vis-à-vis du *Canard*, mais il m'a livré un exposé clinique de la situation. Il a retourné les feuilles une à une, les informations qui y figuraient étaient du même genre que celles qu'il m'avait mises sous le nez trois ans plus tôt sur Mme Fillon. À vue d'œil, il y avait une bonne vingtaine de documents :

« Contrairement à ce que vous espériez, ça ressemble à Pénélope Fillon. Votre Edith Vandendaele est bien payée par *Le Canard*. Et depuis longtemps : 1996. Elle est déclarée comme journaliste. Apparemment, elle vient de prendre sa retraite, car cette année, elle a touché quasiment le double de son salaire annuel. Elle vient d'avoir 72 ans. Elle a dû empocher une prime de départ. »

Une prime de départ pour quelqu'un qui n'est jamais arrivé, c'est assez original. C'était surtout un tsunami. Watergate m'a expliqué qu'il avait regardé un peu vite, mais que les salaires de la dame étaient assez importants et qu'ils augmentaient chaque année depuis vingt-cinq ans :

« Qu'est-ce que vous en pensez ? Je ne veux pas savoir le détail mais c'est qui, au juste, cette fille ? »

Débonnaire, mon bourreau a accepté que je lui réponde par un long silence, au terme duquel j'ai murmuré :

« Ben, c'est un peu la gueule de bois, là. »

La gueule de bois ? La gueule détruite, oui ! Par un uppercut dans le menton catégorie poids lourds. Je crois qu'en une minute, j'ai vu défiler les années Fillon et mes quinze années de *Canard*. Un peu plus et je voyais aussi défiler l'ensemble de mes 48 piges.

Nous avons fini de manger assez vite. Silencieux,

plombés, tentant de nous sourire parfois, émettant un commentaire superflu sur la qualité du restaurant. Avant de se lever de table, Watergate m'a tapoté amicalement l'épaule gauche :

« Quoi que vous fassiez, je ne dirai rien. Je vous souhaite du courage, à vous et à votre famille. Vous êtes un drôle de journaliste, quand même. »

Quand même, oui. Et un vrai con, surtout. Qui se retrouve sur le trottoir, seul, sonné, qui commence à ressentir de l'acidité dans la gorge, qui regarde s'éloigner son Watergate qu'il ne reverra sans doute jamais, qui se passe un doigt dans le coin des yeux parce qu'il commence un peu à chialer, le « drôle de journaliste », comme un môme, devant tout le monde… Même aujourd'hui, en écrivant ces lignes, j'en chiale un peu.

Je me souviens qu'une femme, curieuse, a ralenti sur le trottoir en arrivant à ma hauteur, j'ai dû croire qu'elle allait me causer, j'ai baissé la tête et je me suis mis à marcher. Vide. Tout droit. Vers la gare d'Orléans.

9
Les rillettes

J'étais dans ce train que je connaissais si bien, avec les documents de Watergate que je maîtrisais par cœur, mais sans l'ivresse qui m'avait drogué du temps de Pénélope. Sous mes yeux et sur chaque feuille, seuls les noms avaient changé. À la place de « Pénélope Fillon », le fantôme de l'Assemblée nationale, il était écrit « Edith Vandendaele », le mirage du *Canard*. À la place de l'employeur « François Fillon », on pouvait lire « *Le Canard Enchaîné* ». À la place de « collaborateur parlementaire », il était inscrit « journaliste titulaire de la carte de presse ». La torture ne s'arrêtait pas là. Comme Pénélope, Edith était rémunérée depuis des plombes : vingt-cinq ans ! Et comme Pénélope, le montant des émoluments d'Edith augmentait bien d'année en année. La prime au mérite, sans doute… Enfin, comme la discrète Mme Fillon, l'invisible Mme Escaro avait eu l'aubaine, dans sa flamboyante carrière, d'être mieux payée que certains collègues de notre journal qui, eux, travaillaient vraiment. Je connaissais quelques salaires de la maison, la comparaison ne m'a pas laissé indifférent.

Voiture 18, en me planquant un peu de mon voisin de siège, je faisais défiler les pages et les chiffres, les années en francs et les années en euros, je me livrais à de petits calculs, j'étais scié. Mais rions un peu : à la fin de la décennie 1990, Edith Vandendaele palpait déjà 303 559 francs par an soit l'équivalent de 46 277 euros. Au début des années 2000, en 2002 par exemple, elle grimpait à 53 916 euros ; en 2007, elle empochait la coquette somme de 60 276 euros ; en 2015, nous arrivions à 68 548. D'un mois de janvier à l'autre, la besogneuse prenait entre 1 000 à 2 200 euros de plus ! Si bien qu'en 2020, cette brave travailleuse de Nyons, dans la Drôme, à 700 kilomètres de Paris donc, émargeait à plus de 70 000 euros par an. Pris de vertiges, j'ai trouvé la force de faire une grosse addition sur la calculette de mon téléphone portable, je n'aurais pas dû : entre 1996 et 2020, *Le Canard* avait versé plus de 1,5 million d'euros à une « journaliste » dont pas un lecteur n'avait pu apercevoir la signature ni lire le moindre article. Qu'aucun caneton n'avait eu l'honneur de croiser dans nos couloirs ou dans nos réunions. Qu'aucun répertoire ni organigramme de la maison n'avait jamais mentionnée.

Plus de 1,5 million d'euros... *Damned !* La redoutable Edith battait, en prime, le record du gros million d'euros établi par Pénélope. La friponne Vandendaele écrasait à plate couture la châtelaine Fillon. En fait, tout cela n'était pas drôle et il a fallu me résoudre, pour la seconde fois, à en parler à quelqu'un.

En poussant, de mauvaise humeur, la porte de mon appartement de Ménilmontant, j'ai été cueilli par Nedjma, comme toujours de bonne humeur :

« Ah, parfait, t'arrives pour l'heure de l'apéro !

— Oui. Et j'ai les rillettes...

— Ah, les rilleeettes ! »

Avant que Watergate ne m'assène son coup de massue au restaurant, je m'étais bien sûr arrêté dans ma boucherie préférée d'Orléans pour me procurer mon pot de rillettes. Sur le petit guéridon de la cuisine, ma femme et moi avons ouvert une bouteille de Château de Rochemorin, le vin que j'achète par l'intermédiaire du *Canard*. Encore une tradition : deux fois par an, une affiche est apposée à l'entrée de la rédaction, chacun y inscrit son nom et le nombre de bouteilles – pardon, de cartons – qu'il souhaite commander à la famille Lurton, notre fournisseur officiel de Pessac-Léognan... Rillettes, Château de Rochemorin, pain grillé : l'apéro pouvait démarrer sereinement. Enfin presque. Alors que je ne fume plus depuis près de dix ans, j'ai attrapé la cigarette que Nedjma venait d'allumer pour en prendre une bouffée. Stupeur conjugale. On se serait cru dans *Le Clan des Siciliens*, quand le commissaire Le Goff, alias Lino Ventura, se remet à cloper parce qu'il vient d'apprendre que le voleur de bijoux qu'il traque, Roger Sartet, alias Alain Delon, a pris place à bord du vol Paris-New York qui assure un gros transfert de diamants.

« T'es sûr que ça va ? m'a lancé ma femme.

— Bof, il faut que je te parle d'un truc. »

Verres à la main, notre discussion autour du pot de rillettes s'engageait pour deux bonnes heures. J'ai raconté les prémices de ma rocambolesque découverte au journal, onze mois plus tôt, et l'enchaînement des événements. La danse de la photocopieuse avec Jacques Lamalle et Sylviane, la carte de presse d'Edith dans le tiroir, mes doutes dans les couloirs du *Canard*, mes peurs à l'hôpital de Périgueux, mon été pourri par les insomnies, ma folle décision d'enquêter, ma reprise de contact avec Watergate et… mon ultime voyage d'Orléans. Nedjma s'est étranglée :

« Mais c'est quoi cette histoire de dingue ? C'est pour ça que t'es allé à Orléans ? Mais pourquoi tu ne m'en as pas parlé avant ?

— Avant aujourd'hui, c'était absolument impossible de te parler d'Edith. »

C'est drôle, j'avais commencé à l'appeler Edith. Je disais naturellement Edith, systématiquement Edith. Elle avait fait irruption, était devenue familière, s'était incrustée et faisait désormais partie de mon quotidien. Il y avait eu une nouvelle naissance chez les Nobili.

« J'avais raison, c'est confirmé, enfin je crois. Je n'avais que sa carte de presse. Mais mon gars, tu sais, celui d'Orléans, je lui ai demandé de l'aide, il m'a trouvé les salaires d'Edith.

— Mais t'es sûr ? C'est pas possible enfin ? Une fausse journaliste payée par *Le Canard* ? C'est une blague ? »

J'ai lu sur le visage de Nedjma le début de l'affolement. J'ai tenté de la rassurer. À ma manière :

« Je sais, c'est un truc énorme. C'est affreux. C'est pire que ce que j'avais imaginé ! »

Je ne suis pas trop entré dans les détails, je ne lui ai donné que les grandes lignes, mais la bouteille de Rochemorin a pris un sacré coup.

« C'est une bombe atomique, répétait-elle, mortifiée. Mais qu'est-ce que tu vas faire de ça ?

— Rien, mais rien. Enfin, pour l'instant rien. Que veux-tu que je fasse. Tu veux que je détruise *Le Canard* ?

— Mais tu vas en parler à quelqu'un au journal ?

— Non, à qui veux-tu que j'en parle ? Et puis il faut encore vérifier des choses. Je n'ai qu'une source. Je ne suis pas sûr de tout. Il y a plein de choses que je ne comprends pas encore.

— Mais tu vas continuer à enquêter ? Tu vas quitter *Le Canard* ?

— T'es dingue ! Pourquoi je quitterais le journal ? J'ai rien fait moi ! C'est ma maison, j'y ai consacré la moitié de ma vie. Et puis on ferait comment ?

— Punaise... il manquait plus que ça ! Donc moi, je monte une boîte de prod' de théâtre, on se tape le confinement et bientôt un deuxième, les théâtres referment, et toi, tu vas nous sortir l'affaire Fillon au *Canard Enchaîné.* Super ! »

Dans le canapé du salon, les mômes, à qui nous avions mis un film pour ne pas être dérangés, ont commencé à tendre une oreille :

« Qu'est-ce qui se passe, maman ?

— Rien, les chéris, rien, on va bientôt passer à table... »

Nous avons fini le pot de rillettes et mis uniquement les couverts des gamins. Nedjma a quand même fini par se marrer :

« Tu vas encore bien dormir cette nuit. Et ça va être sympa, lundi, quand tu vas voir Gaillard et Brimo ! »

La réunion du lundi m'a effectivement laissé, pendant une heure, dans une étrange apesanteur. Dans la salle de rédaction, la quinzaine de journalistes avaient pris place comme d'habitude, les uns assis à leurs bureaux, les autres sur des chaises volantes. Je n'écoutais rien ni personne, mais fixais Michel Gaillard et Nicolas Brimo, lovés dans un coin de la pièce, insouciants et sûrs d'eux, dans leur fauteuil à bascule. De temps à autre, au gré du tour de table, de l'annonce des sujets de la semaine par chacun des journalistes, ils s'adonnaient à leurs messes basses favorites, ricanaient, délivraient une petite leçon sur un ministre par-ci, se payaient la pomme d'un magistrat du parquet national financier (PNF) par-là. Un parquet qu'ils ont toujours détesté sans que personne ne comprenne vraiment pourquoi.

Heureux hasard, Michel et Nicolas s'acharnaient, depuis quelque temps, sur le premier vice-président du PNF, Eric Russo, dans la page 2 du *Canard*, celle de leurs potins politiques, des coulisses du sommet de l'État, la « page noble des pages nobles », sur laquelle ils règnent sans partage depuis des décennies. Ils révélaient que Russo, après avoir passé des années à lutter contre la fraude fiscale internationale au PNF, faisait ses valises pour aller pantoufler dans le privé, dans un gros cabinet d'avocats américain spécialisé dans… l'optimisation fiscale. Ça n'était pas joli-joli, mais le malheureux s'est ramassé une rafale de trois papiers, trois semaines de suite, les 14, 21 et 28 octobre 2020, dans la fameuse page 2. Dans le premier article, son départ était « curieusement passé inaperçu » ; dans le second, il « commençait à faire des vagues » ; dans le troisième, il « continuait à faire des vagues ». N'en jetez plus ! Je matais toujours Gaillard et Brimo, dans leurs fauteuils à bascule, j'ai eu une vilaine pensée : et s'ils finissaient eux-mêmes, un beau jour, devant le PNF, à cause de l'affaire Edith ? Je me faisais peur en riant intérieurement. C'était de toute façon très improbable : le PNF mène principalement de grosses enquêtes liées à l'argent public, il fourre plus rarement son nez dans la petite tambouille privée des entreprises.

Je ne les quittais plus des yeux. Est-ce vraiment possible que le pédégé et le directeur du *Canard Enchaîné*, dans le secret de leurs bureaux du troisième étage, aient osé faire un truc pareil ? Qu'ils aient salarié pendant vingt-cinq ans la femme d'André Escaro ? Qu'ils aient pu accomplir tout ce que l'on dénonce dans les pages du journal ? Et vécu toute l'affaire Fillon tranquillou, l'air de rien, à ricaner sur le dos de sa Pénélope ? Tiens, elle me revient, encore et encore, la sortie de Brimo, sur les sales types comme Watergate qui nous refilent des infos confidentielles, et que « c'est quand même scandaleux tout cela », et que « ça n'est pas très démocratique », et patati, et patata…

Nedjma avait raison : elle est sympa, cette réunion du lundi ! D'ailleurs, la réunion du mercredi serait aussi fort sympa. Et toutes les réunions de rédaction du lundi et du mercredi allaient devenir de plus en plus sympas.

10
Les arènes de Lutèce

Noël 2020, dans la maison provençale de ma mère, n'a pas été de tout repos. En cuisine, il a d'abord fallu assurer le menu : foie gras poêlé, langoustes à l'armoricaine – une version pimentée –, gambas flambées à l'ail et au pastis, poularde farcie, cèpes à la périgourdine, pommes de terre suédoises, omelette norvégienne. Il a ensuite fallu ignorer, à table, la tragédie que vivait notre famille : le compagnon de ma mère luttait en vain contre son cancer. Et il y avait moins grave : le fils de ma mère se voyait très mal barré, au *Canard*, pour l'année 2021 !

Je l'ai entamée en prenant la résolution d'aller consulter Claude Angeli. La figure emblématique du *Canard Enchaîné*, notre doyen de 91 piges, en qui les lecteurs ont toujours vu le grand patron du journal, alors qu'il n'en a jamais été que le rédacteur en chef pendant trente-cinq ans. Je dis « que », parce qu'au *Canard*, le vrai pouvoir n'est pas entre les mains de l'éditorial, mais entre les pinces de l'administratif. Il est en partie concentré au sein du conseil d'administration, or Angeli n'a jamais fait partie dudit conseil. Mais il est surtout articulé autour de trois postes : celui de président, celui de directeur et celui d'administrateur délégué. Gaillard occupe le premier, Brimo cumule les deux autres. Depuis ses trois fauteuils, le tandem pilote l'ensemble du Volatile, contrôle la totalité de ce qu'une entreprise traditionnelle appelle les directions financière, administrative, juridique, des ressources humaines et du patrimoine (*Le Canard* possède deux immeubles cossus dans la rue Saint-Honoré). À l'été 2017, lors d'une assemblée générale, Gaillard a solennellement cédé son siège de directeur à Brimo, pour s'installer dans un nouveau trône de pédégé. Ce jeu de chaises musicales, qui n'a absolument rien changé à la gestion figée depuis plus de deux décennies, a inspiré à une ancienne collègue, Dominique Simmonot, partie depuis, un cri du cœur resté fameux :

« Ah, c'est comme Poutine et Medvedev, en fait ! »

Parmi les plus capés, Angeli était la seule personne à qui je pouvais commencer à parler d'Edith. Primo, il y avait une chance pour qu'il ne soit au courant de rien, bien que j'aie nourri quelques doutes : Claude fréquentait Gaillard depuis son entrée au *Canard* en 1971 et avait recruté Brimo en

1972. Deuzio, j'avais précisément besoin de lever mes doutes ! De savoir si cette autorité morale, pour qui j'éprouvais du respect et de l'amitié, avait pu déconner. Du respect pour sa carrière de journaliste d'investigation, marquée par ses révélations sur l'identité des faux plombiers de la DST qui avaient voulu nous sonoriser, les diamants de Giscard ou les arrière-cuisines du service d'action civique (SAC) ; de l'amitié pour ce vieil homme courbé avec ses lunettes carrées et ses longs cigares fins, qui m'avait toujours protégé sous ses grandes ailes. Claude comptait parmi ceux qui avaient milité pour mon embauche, en 2005, au terme d'un long parcours du combattant-pigiste, sans jamais me réclamer un quelconque CV ni me poser la moindre question, se contentant de juger les articles que j'envoyais, me payant de confortables piges et demandant simplement, un jour, à un vieux confrère de la maison :

« Vous vous êtes assurés que Nobili est bien de gauche ? »

Ancien des jeunesses communistes, du PCF, un temps compagnon de route de Jean-Paul Sartre et rouge parmi les rouges des années 60-70, Angeli avait, en effet, une longue histoire avec la gauche. Presque nonagénaire, il y restait d'ailleurs fidèle, ce qui n'était pas le cas de tous les vieillissants et n'était pas pour me déplaire.

Un mardi soir, après le bouclage, j'ai composé le numéro de téléphone de Claude. Il ne venait plus à ce bouclage, il avait pris sa retraite huit ans plus tôt mais continuait de tenir, à distance, sa chronique de politique internationale, solidement amarrée au bas de la page 3 du journal, et rebaptisée par quelques jaloux « la concession du père Lachaise » ou, plus sobrement, « la concession du père Angeli ».

« Allô, Claude, salut. Il faut que je te voie, que je te parle de quelque chose d'important. »

En bon détective, Angeli m'a donné rendez-vous dès le lendemain. Nous étions à la fin du mois de janvier 2021, peut-être au début du mois de février, mais une chose est certaine, il y avait ce mercredi-là une lumière et un soleil inhabituels pour la saison et pour Paris. J'ai retrouvé Claude dans le Ve arrondissement et lui ai rapidement fait comprendre que nous ne pouvions pas nous parler dans un bistrot, ça n'était pas prudent.

« Alors viens, suis-moi », m'a-t-il glissé, avec ses airs de limier dans son manteau beige anglais.

Nous avons longuement marché dans la rue Monge, sommes passés devant une maison de la presse où il a souri en me montrant *Le Canard* du jour sur un présentoir, avant de bifurquer sous un grand porche et de déboucher brusquement en pleine lumière, éblouis par la pierre blanche, dans les arènes de Lutèce, ces incroyables vestiges gallo-romains au cœur de Paris, où les gamins des collèges voisins viennent avaler un sandwich le midi en tapant dans un ballon, où les employées des agences immobilières de luxe font leur courte pause-salade. Il n'était pas encore midi, les arènes étaient vides, Claude et moi avons commencé à marcher en faisant de grands cercles.

« Là, on sera tranquille. Alors, qu'est-ce qui t'arrive ?

— Tu l'as connue, toi, la compagne d'Escaro, une femme qui s'appelle Edith ? ai-je attaqué.

— Oui, vaguement, j'ai dû l'apercevoir deux fois, il y a vingt ans, lors de repas avec Escaro. Je ne connais pas son nom de famille d'ailleurs. Ils n'étaient pas mariés à l'époque, je crois.

— Ils ne le sont toujours pas, mais là n'est pas la question…

— Oui, j'imagine que tu n'es pas venu me voir pour me parler de ça », a rigolé Claude.

Guettant sa première réaction, j'ai amené les choses très progressivement, entonné timidement mon refrain sur Edith, mon petit topo désormais bien rodé, le même que celui que j'avais servi à Nedjma pour l'apéro, dans notre cuisine, trois mois plus tôt. J'ai précisé ma découverte : la non-mariée à André Escaro, donc, n'en avait pas moins été une non-payée au *Canard*. Pas le temps d'en dire davantage, Claude s'est écrié :

« Quoi ? Edith a été payée par *Le Canard* ! Ah les enfoirés ! »

La première réaction était plutôt démonstrative. Et savoureuse. Entendre Angeli, à près de 90 piges, hurler « les enfoirés ! » dans le silence des arènes de Lutèce m'a bien amusé. J'ai inutilement ajouté :

« Tu n'étais pas au courant, toi ?

— Mais bien sûr que non ! Je ne me suis jamais occupé des salaires, en plus ! Mais elle aurait été payée pour quoi ?

— Pour rien, c'est bien ça le problème. Elle n'a jamais rien fait pour *Le Canard.*

— Évidemment qu'elle n'a jamais rien fait pour *Le Canard.* Elle n'a jamais travaillé pour nous. Jamais, non ! Et elle avait une carte de presse, en plus ? »

Claude terminait chaque phrase par « en plus ». Complètement ébahi, déjà trahi. Il pestait, réfléchissait à voix haute, me demandait de répéter encore et encore les montants des salaires d'Edith. 1,5 million d'euros au total, en vingt-cinq ans… Il a fini par s'asseoir sur un banc. Il s'est passé la main sur le crâne comme pour plaquer ses derniers cheveux vers l'arrière, s'est penché dangereusement vers l'avant, j'ai cru qu'il allait faire un malaise, tomber la tête la première dans le sable des arènes de Lutèce, comme un gladiateur vaincu, en plein cagnard.

« C'est pas croyable », murmurait-il le regard dans le vague.

Claude m'a répété qu'il n'avait jamais mis le nez dans les comptes, pas plus que dans les bulletins de salaires des journalistes, dans la cuisine quoi, la tambouille du *Canard*, la chasse gardée de Gaillard et Brimo qui ne l'avait jamais intéressé, contrairement à la moindre ligne qui pouvait être écrite dans les huit pages du journal. Après une bonne demi-heure à cogiter sur son banc, Claude a commencé à avoir un peu froid, il a souhaité rentrer. Je l'ai raccompagné jusque chez lui, il ne m'a pas demandé si j'étais sûr de ma source, pas réclamé les documents. Il n'avait pas besoin de les voir, il me croyait, me faisait confiance comme je venais de lui faire confiance. Mais malgré le choc, nous ne devions rien dire, pour le moment. J'avais la trouille du scandale et, accessoirement, la peur du licenciement. Je devais me protéger, procéder, aussi, à d'autres vérifications, pousser plus loin l'enquête. Le genre de choses qu'Angeli pouvait tout à fait comprendre.

Tard dans la soirée, pourtant, mon téléphone a sonné, c'était lui. Il avait soudainement une voix enrouée, il était paniqué :

« Christophe, j'ai repensé à tout ce que nous nous sommes dit. Ça n'est pas possible, il faut faire quelque chose, personne ne croira que je n'étais pas au courant, tu comprends, j'ai été rédacteur en chef pendant plus de trente ans. Qui va croire que je ne savais pas ?

— Je comprends, mais je te demande de ne pas en parler, de patienter encore un peu. »

J'allais raccrocher, affolé à mon tour, craignant

que le malheureux Claude, pour qui *Le Canard* représentait toute sa vie, craque, s'épanche, veuille être dédouané dans les meilleurs délais.

« Il ne faut vraiment rien dire, Claude, s'il te plaît.

— Non, non, ne t'inquiète pas, je ne dirai rien. J'attends ton feu vert. Mais tiens-moi vite informé, merci. Allez… »

La voix de Claude a faibli jusqu'à entendre ce bruit de combiné que l'on a du mal à raccrocher. Il m'avait appelé depuis son téléphone fixe, je le visualisais plus courbé que jamais, dans son salon, sa cuisine ou sa chambre, sonné, à la fin d'une vie bien remplie.

Moi-même je ne pariais plus beaucoup sur mon avenir. Je me suis lourdement affalé sur mon canapé, devant BFM TV. Mais quelle télé de merde ! Comment peut-on exercer de la sorte notre métier ? Ce n'était pas la première fois, mais j'ai repensé à mes plus belles années, à toutes ces années d'effort qui m'avaient conduit au *Canard*, à celles que je venais de vivre aussi. Quinze ans déjà. Tout ça pour ça. Pour en arriver là…

11

À l'origine

« Aussi loin que je me souvienne, j'ai toujours voulu être un gangster. » C'est comme cela que se présentait Henry Hill, alias Ray Liotta, au début du film *Les Affranchis* de Scorsese. Eh bien moi, c'est pareil : aussi loin que je me souvienne, j'ai toujours voulu être un caneton. Jusqu'à mes 25 ans, partout où je passais, *Le Canard Enchaîné* n'était pas le bienvenu. C'est évidemment pour cela qu'un beau jour, plus malin que les autres, j'ai décidé d'en être.

Mes parents n'étaient pas communistes. À la maison, gamin, je n'ai jamais vu un seul *Canard* traîner sur une table. Mon père, droitier, corse, fils de militaire ayant « fait l'Indochine », ne le lisait pas. Ma mère, moins droitière, fille d'immigrés siciliens bien élevée, ne le lisait pas non plus.

À « Sciences-Po » (mais d'Aix-en-Provence), les gauchos intellos se pavanaient avec *Le Monde* sous le bras, les anti-gauchos intellos mettaient un point d'honneur à faire de même avec *Le Figaro* et moi, je crânais, à l'occasion, avec mon *Canard*, guettant surtout les regards réprobateurs de mes chers professeurs. Mais lorsque j'ai fait mes premiers pas dans le métier de journaliste, à *La Provence*, j'ai pu, par un heureux hasard, passer à la vitesse supérieure.

Jeune localier dans le Vaucluse, j'avais été envoyé comme chair à canon dans la ville de garnison d'Orange. Une riante cité au carrefour de la joie : lorsqu'on y arrivait par le sud, on passait devant la Légion Étrangère ; en pénétrant par la route du nord, on croisait le commissariat de police ; en l'attaquant par l'ouest, il fallait filer droit devant le peloton de gendarmerie d'autoroute et en tentant le coup par l'est, c'était la base aérienne 115 ! Ce paradis terrestre ne pouvait finir qu'entre les mains du Front national et c'est ce qui arriva, en 1995, avec l'élection du prothésiste dentaire Jacques Bompard.

Moins de deux ans plus tard, *La Provence* me nomma généreusement numéro deux du bureau d'Orange, où nous n'étions que deux, et où je découvris qu'ici aussi, *Le Canard* n'était pas la gazette de référence. Un mercredi matin, nous attendions la visite d'un grand chef à plumes de Marseille, j'avais ostensiblement exposé le palmipède sur le présentoir à journaux. Mon collègue, Alain Guttadauro, une sorte de papet provençal qui n'était pourtant pas le dernier des gauchistes, se mit à souffler :

« Oh pitchoun ! Fais pas le con, enlève ça, tu vas te faire allumer. À Marseille, c'est pas des marioles. »

Parfait ! Que les Marseillais aillent mourir, moi, c'était dans ce canard de Parigots que je finirais.

Un grand barbu poussa la porte vitrée de l'agence et fonça droit sur moi. Ce n'était pas le grand chef à plumes de Marseille, mais un inconnu de La Poste. Il en portait le logo sur son gilet.

« C'est toi, Nobili ? » me demanda-t-il sèchement.

J'avais pondu un petit billet dans l'édition du jour qui avait fait marrer notre visiteur. À *La Provence*, on appelait ce bouche-trou « Humeur ». Sous le titre « Raisonnement à 0,05 % », j'avais écrit ceci :

« Calcul mental : divisons le nombre d'Orangeois (28 000, INSEE) par le nombre de Français (56 millions) et multiplions le tout par 100. Résultat : 0,05. Ou plus significativement : la population orangeoise représente 0,05 % de la population française. Vous me direz, ça vous fait une belle jambe. Mais rappelez-vous…

Sous prétexte d'économies, la mairie a supprimé le transport gratuit des enfants le mercredi vers les centres de loisirs, considérant notamment que cette prestation ne relevait pas du service public, parce que ne concernant que 0,07 % de la population orangeoise. Imaginez si, dans le cadre de ses services publics rendus à la ville d'Orange, l'État, qui recherche aussi des économies, appliquait le même raisonnement… »

Le type qui venait d'entrer dans l'agence et qui avait aimé mon « Humeur » sur la municipalité frontiste était le facteur du centre-ville d'Orange. Il avait un fort accent méridional, une tchatche épuisante, il était franc-maçon et avait mal vécu, en janvier 1997, moins de deux ans après l'élection de Bompard, l'incendie criminel du temple local du Grand-Orient de France. Je peux le raconter aujourd'hui, il y a prescription. Il ouvrait grand ses oreilles dès qu'il mettait un pied dans la mairie lepéniste et tuyautait ensuite *Le Canard*. À l'autre bout de la ligne, à Paris, son officier traitant palmé était le journaliste Alain Guédé.

Ce joyeux postier revenait régulièrement à l'agence d'Orange, il commentait mes « Humeurs », me refilait les rogatons d'infos dont Paris ne voulait pas, jusqu'au jour où il m'a lancé :

« Il faudra que je te présente un pote du *Canard*, il s'appelle Alain Guédé, tu le connais ?

— Pardi que je le connais ! »

Il faisait partie de mes idoles. C'était le spécialiste discret du lepénisme, mais aussi du chiraquisme, et encore du sang contaminé, sans oublier le scoop sur les chiffres truqués du chômage sous Mitterrand, les bouquins écrits sur la tambouille du RPR avec Hervé Liffran… Bref, c'était le modèle !

Quelques semaines plus tard, j'étais dans le train, le métro, la rue Saint-Honoré et, soudain, devant le numéro 173. Aucune inscription, pas de plaque, une simple porte cochère, puis une petite allée pavée dont personne ne peut imaginer qu'elle mène à un grand journal. Je ne suis pas un sentimental, mais quand j'ai poussé pour la première fois la porte d'entrée, ça m'a fait quelque chose. Je contemplais les fresques un peu décaties des célèbres dessinateurs du *Canard*, peintes sur les murs. J'étais intrigué par le moindre va-et-vient au secrétariat, me demandant qui était qui. J'étais sidéré par le téléphone qui n'arrêtait pas de sonner. J'étais baba, même, devant la vingtaine de boîtes aux lettres sur lesquelles étaient collés, avec des vieilles gommettes, les noms des journalistes du *Canard*.

Guédé est arrivé en retard, il m'a emmené dans un petit bureau à l'écart. Il m'a expliqué qu'il était preneur d'infos sur les fachos d'Orange pour la rubrique les « Petites nouvelles du Front », m'a posé deux questions en se roulant la moustache et a conclu :

« Bon, on va faire un essai. »

J'avais été recommandé par le postier d'Orange, pas la peine d'en exiger davantage ! J'ai repris le train dans l'autre sens, excité et apeuré comme une nouvelle recrue de l'Armée des ombres. J'ai commencé à expédier mes « Petites nouvelles du Front » depuis celui d'Orange, en loucedé, tellement fier de ma première fiche de paie du *Canard Enchaîné* que je l'ai laissée bien en vue, sur la table de mon petit salon, pendant un mois. En plus de

Guédé, Jean-Luc Porquet, spécialiste de l'écologie mais qui bossait aussi sur l'extrême-droite, est vite devenu mon second officier traitant. Je ne le savais pas encore, mais ces deux-là allaient me servir de parrains pour entrer au *Canard*.

À partir de l'année 1998, chaque été, Jean-Luc venait passer une semaine avec son épouse dans le grand appartement d'Avignon que nous louions avec Nedjma. Nous leur faisions découvrir le festival d'Avignon, enchaînions les barbecues arrosés sur notre grande terrasse, avec vue sur le palais des papes, tirions des plans sur la comète FN qui fusait dans le Midi. Si bien qu'en avril 2002, lorsque Jean-Marie Le Pen s'est retrouvé au second tour de la présidentielle, j'ai définitivement perdu le moral. Deux visions d'horreur m'ont achevé et convaincu de tout plaquer pour tenter l'exode vers Paris, vers *Le Canard*. Le soir du fameux 21 avril, une foule de fachos orangeois en transe, massés dans la salle des fêtes de la mairie, scandaient, debout sur des tables, « Bompard, Premier ministre ! ». Seconde atrocité : le lendemain du 21 avril, un petit chef à plumes de *La Provence*, fâché contre un de mes papiers anti-FN, s'est planté en face de moi pour me raisonner : « Écoute Christophe, il faut que tu comprennes que le FN, c'est 30 % des électeurs et… 30 % de nos lecteurs. » Il était vraiment temps de quitter ce journal !

En septembre 2003, grâce à un congé sabbatique,

j'ai planté ma femme dans le triplex avec terrasse d'Avignon, pour aller m'installer dans un deux-pièces du XVIIIe arrondissement de Paris, qu'un pote généreux, à qui je dois une éternelle reconnaissance, m'avait prêté. Il était un peu gêné car l'immeuble était frappé d'un arrêté de péril, il n'avait pas vraiment de meubles et j'avais récupéré deux palettes de bois dans la rue pour me faire un sommier. Le provincial nanti d'Avignon soudain métamorphosé en jeune Parisien fauché : j'étais parfait !

Solidement soutenu par Alain Guédé et Jean-Luc Porquet, j'ai continué à piger pour *Le Canard*, sans qu'il ne se passe rien, pendant d'interminables mois, dans une ambiance de rêve. Quand j'arrivais au premier étage, j'étais superbement ignoré, hormis par la doyenne des secrétaires, Cléo, qui m'avait pris en affection et un peu en pitié. Quand je montais au deuxième, j'étais totalement transparent dans la rédaction, dont j'admirais chaque bureau, chaque tête baissée de journaliste. J'étais un authentique passe-muraille, qui redoutait que le temps passe trop vite. La panique me gagnait, car la fin de mon congé sabbatique approchait et la simple idée de devoir retourner à *La Provence*, à Orange, pouvait me pousser à préférer une vie de SDF dans le métro parisien.

Régulièrement, Guédé et Porquet, sympas, revenaient à la charge pour vanter mes talents mirobolants auprès du dirlo Michel Gaillard, du genre sceptique, et du rédac-chef Claude Angeli, qui commençait à me dire bonjour. Je faisais tout pour fourguer à ces deux chefs le plus de papiers possible, je passais des nuits entières à écrire sur mon sommier en palettes, à me jeter comme un mort de faim sur le moindre sujet, à glisser aussi quelques articles au deuxième rédac-chef, Erik Emptaz, dont j'avais remarqué qu'il aimait se marrer plus que la moyenne.

De temps à autre, Gaillard acceptait de m'accorder un quart d'heure, toujours selon le même cérémonial. Après un coup de fil tremblotant de ma part, pour lui demander audience, il me donnait rendez-vous en face du journal, au Café Verlet, un torréfacteur chez qui j'ai découvert qu'on pouvait faire payer un café trois fois plus cher que la normale. C'était la deuxième maison des dirigeants du *Canard*, celle où je me prenais râteau sur râteau. Gaillard commençait toujours par me raconter sa vie, avant de garantir que ce que j'écrivais n'était « pas mal », mais qu'on en reparlerait demain, après-demain… ou à la saint-glinglin.

Un jour d'avril 2004, remonté à bloc, j'ai entrepris de rappeler à Gaillard que mon congé sabbatique arriverait à son terme pendant l'été et que j'avais besoin de savoir s'il voulait de moi ou pas. Là, il a pris son air gentil pour prononcer cette inoubliable sentence :

« Tu es un bon couteau, mais nous, on cherche une épée. »

La vache ! Quelle droite de la part d'un patron de gauche ! Gaillard venait de me laisser KO sur place. Vexé comme un pou, surtout. En sortant du Café Verlet, il m'a bizarrement dit « à bientôt, hein, on continue », j'ai croisé Porquet, qui m'a demandé si ça allait, je lui ai raconté le bon couteau et l'épée, il était désolé. Je ne sais pas pourquoi ni comment, mais cette mandale patronale m'a donné une force d'arapède. J'ai décidé de devenir le morpion de Gaillard, de ne plus le lâcher, tant qu'il ne me dirait pas de remonter dans le TGV Paris-Avignon. Le bon couteau a commencé à s'incruster dans les locaux du *Canard*, pour aller plus profond qu'une épée. Un mois et demi plus tard, l'histoire m'a enfin souri !

Lors d'une soirée à laquelle j'avais été convié par mes parrains Guédé et Porquet, le journaliste Nicolas Beau, qui travaillait encore au *Canard*, a fondu sur moi, complètement rond. Devant une demi-douzaine de personnes qu'il a prises à témoin, cet éminent enquêteur de la rédaction, pour lequel j'avais pas mal d'admiration, a commencé à hurler sur le vulnérable pigiste que j'étais :

« *Le Canard*, ça devient vraiment n'importe quoi ! Tout le monde veut y rentrer maintenant. Regardez-le, lui, Nobili, mais comment il peut oser vouloir rentrer au *Canard* ? »

Ce soir-là, Nicolas Beau a échappé de peu à un coup de boule voire beaucoup plus. Je pense que j'aurais pu lui faire très mal, il m'avait humilié. Mais j'ai été freiné in extremis par la peur de ruiner, en un instant, des années d'efforts. J'ai eu du nez : l'incident m'a immédiatement doté d'un capital sympathie auprès de toute la rédaction. J'ai reçu plusieurs coups de fil, même Gaillard a pris le temps de me réconforter. Dès juillet, Porquet m'emmenait à un bouclage du mardi, puis m'installait carrément, en août, à son bureau, pour « occuper le terrain ». Chez Verlet, Gaillard, qui ne s'était opposé à aucune de nos manœuvres stratégiques, m'invitait finalement à prévenir *La Provence* que je ne reviendrais pas… Je planais, j'ai fait la bringue pendant une semaine, mais il m'a fallu attendre encore six mois, avant que le dirlo m'attrape dans un coin de la rédaction, la veille du nouvel an, pour me glisser :

« Bon, t'as quel âge et combien d'années de carte de presse ?

— J'ai 34 ans et neuf ans de carte de presse.

— Ok, ben, on commence vraiment à partir de janvier. »

Janvier 2005 : *Le Canard* cherchait une épée, il se contenterait d'un bon couteau…

12

Rastignac

« Nobili, il m'a violé, il m'a violé ! » Ce n'était pas du meilleur goût, mais durant mes premières années de *Canard*, Gaillard adorait pousser ce cri dès qu'il s'agissait de moi et de mon embauche. Manière paternaliste de dire qu'il m'avait choisi sans me choisir, que j'étais un cas, un drôle de zig mais que, finalement, il ne regrettait pas. Mieux que ça : au fil du temps, le grand chef a fini par m'adopter. J'étais un « gars du Midi ». Comme lui.

Au 173, rue Saint-Honoré, et même dans tout Paris, je crois que je suis longtemps resté le journaliste le plus heureux. La journée, j'œuvrais dans l'insolent hebdomadaire qui traque les puissants et fait « trembler la République ». Le soir, je refaisais le monde au bistrot, avec les dessinateurs Wosniak et Kiro. Puis j'enchaînais les nuits de fête avec Lauriane Gaud, un spécimen unique de moins de 30 ans, une bringueuse hors pair avec qui il m'arrivait de passer une nuit blanche avant de débarquer directement au bouclage du mardi et, face à ceux qui grommelaient « C'est à cette heure-ci que vous arrivez les jeunes ? », de répondre avec les yeux vitreux « Oui, mais en pleine forme ! ». Les week-ends aussi étaient délicieux : je croisais un tas d'admirateurs avides de questions sur mon travail au *Canard*, dont je repoussais en partie les avances en prenant des airs d'agent de la CIA. Je dissimulais mal ma fierté de détenir de lourds secrets, ou du moins je le faisais croire, et de travailler dans une gazette dont rêvaient les confrères, dont ils disaient qu'on y pénètre « comme à l'Académie française ». Je faisais partie de « la vache sacrée », je vivais dans un sanctuaire dont personne ne connaissait vraiment le fonctionnement, encore moins les codes et les coutumes. Combien de fois ai-je entendu cette question dans les dîners : « Mais comment vous faites pour avoir toutes ces infos ? Et les confidences de la page 2 ? » Ben, on ne va pas te le dire, banane !

Comme dans toute communauté « secrète », il existe au *Canard* des rites initiatiques, des passages obligés, des étapes à franchir, des cercles de plus en plus fermés à intégrer, qui peuvent mener de la base au sommet. Ou pas.

En vitrine, il y a les organes officiels, bien sûr. Le conseil d'administration, tenu par six personnes au maximum, Gaillard et Brimo en tête. Puis l'assemblée générale des actionnaires, qui donne l'illusion, autant à l'intérieur qu'à l'extérieur, que *Le Canard Enchaîné* est une sorte de coopérative. Or *Le Canard Enchaîné* n'est pas une coopérative. C'est une société par actions simplifiée, une SAS tout ce qu'il y a de plus banal, au capital de 100 000 euros, divisés en 1 000 actions. Mais avec une bizarrerie unique au monde : personne n'a jamais acheté une seule de ces actions, pas même les chefs. Elles se donnent de la main à la main, se transmettent d'ex-patrons à futurs dirigeants. Aux journalistes de base, elles sont distribuées au compte-goutte, de manière totalement discrétionnaire, par sa Majesté bicéphale, en l'occurrence Gaillard et Brimo depuis trente ans. La tradition veut qu'au bout d'une dizaine d'années, un bon soldat qui n'a pas désobéi commence à se voir offrir des actions : cinq par-ci, dix par-là. Sauf à demander à l'intéressé, personne ne sait combien son voisin de bureau en possède. Et surtout combien en cumulent les patrons ! Cocasse opacité pour un si vertueux palmipède : cette répartition des parts de la société n'est jamais divulguée, pas même en assemblée générale. Seule certitude, admise de tous : les premiers membres du conseil d'administration disposent, à eux seuls, de la majorité des actions, ce qui laisse tout vote contestataire, même s'il rassemble l'ensemble des journalistes d'en bas, complètement sans effet. Or c'est cette même assemblée qui vote, chaque année, le renouvellement des… membres du conseil d'administration.

Autrement dit, les chefs se renouvellent eux-mêmes. Vive la coopérative !

Plus prosaïquement, les vrais cercles d'influence au *Canard* sont beaucoup moins ennuyeux et conventionnels. Historiquement, il en existe trois, qui se resserrent autour de la chefferie, du plus accessible au plus fermé, du moins secret au plus discret.

Premier cercle : le repas du mardi. Organisé depuis près de vingt ans à La Rotonde, sur le boulevard du Montparnasse, il suit le bouclage, vers 15 h 30. Une dizaine de personnes conviées, rarement plus – sur la grosse cinquantaine que compte le journal –, toujours disposées de part et d'autre de Gaillard, qui assure le spectacle. Michel se régale à narrer ses souvenirs d'ancien combattant, racontés mille fois, particulièrement ceux de sa période jeune kakou de la Côte d'Azur, à Nice. Il y a l'histoire de la brute épaisse, très énervée, qui avait laissé, sans se faire mal, l'empreinte de son poing dans le capot d'une voiture de luxe ; la légende du petit mec tout sec qui a séché un poids lourd de 100 kg en deux minutes chrono ; ou le récit d'un couillon tombé amoureux d'une fille qu'il n'a pas osé toucher, alors que c'était une prostituée que les copains lui avaient envoyée… Le repas du mardi n'est pas trop inaccessible, mais il n'est pas acquis d'en être. Il faut attendre le jour où Gaillard, quittant le bouclage, lâche en passant devant le nouvel élu : « Tu viens bouffer ? » C'est le signal ! Celui qui laisse derrière lui un tas d'abandonnés, attendant le tour prochain. Étonnamment, le mien est arrivé assez vite, à la fin de l'année 2006, deux ans après mon embauche.

Deuxième cercle : l'apéro du mardi. Il intervient juste après le repas du mardi. Là, les choses se compliquent. Jamais plus de cinq personnes, le coup d'envoi est donné sur le trottoir. En sortant du restaurant, Gaillard salue les troupes repues qui l'entourent, active son radar circulaire et balance à l'un des aspirants : « Tu viens boire un coup ? » Putain, ça y est ! Direction le bar de l'Hôtel Normandy, au coin de la rue Saint-Honoré, à deux pas du siège du *Canard*, où les coursiers des ministères viennent chercher, vers 18 heures, les premiers exemplaires sortis de l'imprimerie. Pour moi, la question « Tu viens boire un coup ? » est tombée vers la fin de l'année 2007. Une prouesse qui m'a valu, de la part de jaloux, le titre de « chouchou », voire carrément de lèche-bottes. J'avais surtout un bon lever de coude. À cette époque, à l'apéro du mardi, des intimes de Michel, des grenouilleurs de la République, mais aussi d'anciens préfets et quelques journalistes vedettes défilaient d'une semaine sur l'autre. Outre notre tuyauteur historique Frédéric Haziza, le plus fidèle de ces visiteurs du soir du *Canard* était un vieux pote de Michel, Jean-Noël Tassez, homme d'affaires, lobbyiste sarkozyste, ex-journaliste de *La Marseillaise*, qui passait des heures à nous faire pleurer de rire avec ses histoires à la Tartarin de Tarascon sur la French Connection du Vieux-Port. Ces années-là, je finissais parfois avec l'increvable Lauriane Gaud chez Michel, je me disais que si nous avions eu le même âge, j'aurais été très pote avec ce type, que nous aurions fait les quatre cents coups ensemble. Je ressentais une drôle d'amitié pour Gaillard, anachronique. Le « bon couteau » n'était pas rancunier.

L'apéro du mardi avait d'autres grands moments privilégiés, comme se retrouver soudainement au cœur de certains secrets de la République. Le 5 février 2008, assommés par les whiskys du Normandy, nous sommes sortis, Tassez et moi, pour s'en jeter un dernier – enfin, quelques derniers – du côté de L'Aventure, le célèbre bar à vedettes de l'Étoile, où Dominique Strauss-Kahn, sans que nous le sachions, avait ses habitudes dans les latrines du sous-sol. Affalés en terrasse sous les parasols chauffants, nous avons été rejoints par le journaliste Airy Routier, du *Nouvel Obs*. Je peux le raconter aujourd'hui, ces deux-là sont décédés : Tassez et Routier, avec leurs gros cigares à la bouche, se sont lancés dans une discussion de fin de soirée sur le feuilleton Sarko, Cécilia, Carla Bruni. Là, hilare, le conteur Tassez, toujours prêt à en raconter une bien bonne, a déroulé l'histoire rocambolesque de Sarko, sur le point d'épouser Carla, qui balance à son ex, Cécilia, le fameux SMS : « Si tu reviens, j'annule tout ! » Tassez déconnait, en rajoutait, se boyautait, s'y reprenait à trois fois, brodait, comme d'habitude, une fin d'histoire inventée sur un début de vérité, avec sa faconde de vieux Marseillais. Bref, il avait raconté cette galéjade d'une manière telle que c'était impossible de le prendre au sérieux... Et pourtant : le lendemain, je découvrais, sidéré, le récit circonstancié du SMS de Sarko envoyé à Cécilia sur le site internet du *Nouvel Obs*, le tout signé Airy Routier ! Notre discussion de pochtrons était devenue un scoop national mettant en émoi la République et l'ensemble des médias. Je n'en croyais pas mes yeux. Quand j'ai raconté les coulisses de cette farce à Gaillard, il riait aux éclats. Tassez beaucoup moins, qui a passé deux semaines à raser les murs, blanc comme un drap, après avoir reçu, sans comprendre ce qui lui arrivait, un coup de fil glaçant de Sarko depuis l'Élysée : « Jean-Noël, fais-moi plaisir, ne fréquente plus Airy Routier ! » Tassez venait d'éviter de justesse l'excommunication, « se faire débrancher » comme on dit en politique, ce qui signifie tout perdre du jour au lendemain, ses contrats, ses réseaux, ses entrées, ses amitiés...

Le troisième cercle, enfin : le dîner secret de la fête du *Canard*. Chaque dernier mercredi de mai, le palmipède reçoit, en grande pompe, dans les jardins de la Maison de l'Amérique latine, sur le boulevard Saint-Germain, pour sa traditionnelle fête annuelle.

Des centaines de parents, pigistes, amis triés sur le volet par la rédaction, viennent partager un généreux buffet, où le champagne coule à flots. Le Tout-Paris se bat pour en être, la fièvre monte des semaines à l'avance, lorsque l'épais classeur des invités commence à circuler entre les mains des journalistes du *Canard*. Leurs téléphones n'arrêtent pas de sonner, les SMS pleuvent, leurs contacts se rappellent à leur bon souvenir, les déjeuners repartent à la hausse, c'est la cohue ! Le soir de la fête, c'est pire : des petits malins tentent toutes sortes de subterfuges pour rentrer, les « hirondelles », ces professionnelles de l'incruste dans les soirées chics, tournent devant les portes de la Maison de l'Amérique Latine dès 18 heures… Une tradition de plus : cette soirée sert à remercier tous ceux et toutes celles qui, de près ou de loin, contribuent à la réussite du journal. Elle est interdite aux politiques. Une année, Jean-Paul Huchon, alors patron PS de la région Île-de-France, s'était infiltré en profitant d'un carton d'invitation pour deux personnes. La chefferie l'avait gentiment fait raccompagner à la sortie, ce qu'il avait vécu comme un affront.

Lors de cette soirée particulière, un conciliabule échappe au regard de tous. Un petit Saint des saints, dans le grand Saint des saints : le repas des trois gros actionnaires du conseil d'administration, que sont donc Gaillard et Brimo, mais aussi Erik Emptaz. Vers 22 heures, ils se délestent chacun de leurs invités pour se retrouver dans une aile de la Maison de l'Amérique Latine. Une salle au milieu de laquelle leur a été dressée une table ronde, chérie par un serveur en uniforme, à l'abri des regards indiscrets. Enfin pas tout à fait. Dans la rédaction, un rusé, mon Hervé Liffran, avait repéré le manège, et surtout, une fenêtre au fond du jardin, par laquelle il pouvait entrevoir nos trois dirigeants attablés. Ainsi, une année, Liffran avait pu surprendre l'événement : la jeunette Lauriane Gaud avait eu l'honneur de se retrouver à la table des trois ! Le lendemain, tout le monde le savait, la rédaction était en ébullition, des journalistes jasaient sous cape comme les moines affolés murmurent dans *Le Nom de la Rose* de Jean-Jacques Annaud : « Salvatoooré ! Salvatoooré ! » En 2016, je n'ai rien vu venir, mais ce fut mon tour. Mon téléphone a sonné, c'était Emptaz. Trop occupé à festoyer avec mes camarades, je n'ai pas décroché. Mon téléphone a sonné de nouveau, c'était encore Emptaz, j'ai décroché :

« Tu es invité à la table de Michel, tu arrives, on t'attend. »

J'ai tenté une esquive, je n'avais pas envie d'y aller, je voulais continuer à batifoler, ne pas quitter la fête et mes potes, j'ai demandé un délai. Cinq minutes plus tard, mon téléphone a vibré, Emptaz toujours :

« Quand le chef t'attend, tu viens. »

J'ai cédé. Je suis allé me présenter à un serveur en costard, qui m'a conduit dans la salle. Autour de la table ronde, il y avait une chaise vide, c'était la mienne. Je me suis maladroitement assis, j'ai souri, j'étais ivre, Brimo sérieux, Gaillard rigolard, Emptaz sur la réserve, accompagné, à ma grande surprise, d'une belle Italienne. Je parle italien, ça tombait bien, j'ai eu moins de mal à causer avec elle qu'avec les trois autres. Au détour d'une conversation, Gaillard, qui me surnommait déjà « Rastignac », a balancé à moitié sérieusement :

« Ah, Christophe, c'est la relève, on compte sur lui. »

Je n'y ai pas accordé une grande importance, d'autant qu'au même moment, une exquise vision a failli me faire exploser de rire. À qui appartenait cette petite tête, planquée là, derrière un coin de fenêtre, en train de mater la cérémonie ? À mon Hervé, pardi !

Trois bons quarts d'heure plus tard, j'étais libéré, alpagué illico par Liffran dans les jardins :

« Alors, comment ça s'est passé, qu'est-ce qu'ils te voulaient ?

— C'était chiant.

— Comment tu t'es retrouvé là ?

— Ben, Emptaz m'a appelé.

— C'est Michel qui lui avait demandé ?

— Oui… »

Je n'ai rien dit de plus à Hervé, qui trépignait.

Quand je repense à tout cela, je crois que je n'étais plus très excité, mais tiraillé entre mon ambition et mon rejet, au fond, de tout ce cinoche, de ce folklore désuet, de ce paternalisme qui me coûtait. En 2006, j'avais atteint le premier cercle ; en 2007, j'accédais au deuxième ; en 2016, j'étais aspiré dans le troisième.

Je me suis arrêté au troisième. Bizarrement, j'ai commencé à me lasser, à faire mon difficile, à reprendre le chemin en sens inverse. À ne plus supporter certaines coutumes, comme ces petites railleries du clan des chefs sur les autres, ceux qui n'en étaient pas, mais qui étaient mes copains. À dénigrer mes premiers souvenirs, comme celui de cette vieille dame inconnue, du genre apprêtée à 80 piges, dont j'avais mis un certain temps à comprendre ce qu'elle faisait à notre table de restaurant, après chaque bouclage. C'était l'ancienne maîtresse d'un dirigeant trop tôt disparu, que nous continuions à entretenir à coups de plateaux de crustacés. Un jour, la malheureuse est tombée sur une huître pas fraîche, elle n'est plus jamais revenue. Mais nous faisions mine, chaque semaine, de continuer à nous intéresser à ses bulletins de santé…

J'avais toujours voulu être un caneton de choc et voilà que je perdais peu à peu le goût d'en être, comme Henry Hill s'était lassé de sa vie de gangster dans *Les Affranchis*. Je ne suis plus jamais allé m'asseoir à la table ronde, j'ai peu à peu boudé l'apéro du mardi, j'ai même fini par renoncer au repas du même jour.

Pire que tout : en mars 2021, après ma discussion avec Angeli dans les arènes de Lutèce, j'ai poursuivi mon enquête sur Edith et *Le Canard*, sur ceux avec qui j'avais adoré partager tant de moments. Pour m'enfoncer toujours plus loin, dans mon tunnel…

13
Poursuivant l'enquête…

Qu'est-ce que j'ai pu me bidonner en découvrant la seule activité répertoriée d'Edith Vandendaele ! Celle qui était censée occuper, depuis 1996, d'éminentes fonctions de journaliste dans notre *Canard*, n'avait aucune existence sur Internet, hormis cette unique référence : sur le site « Societe.com », Edith apparaissait comme co-gérante, avec son compagnon André Escaro, d'une société agricole créée en 1990 et domiciliée dans leur résidence principale de la Drôme, à Nyons. Une entreprise de… « Culture de fruits à pépins et à noyau ». Exquis. Encore un point commun avec Pénélope Fillon ! Edith serait donc une femme de la terre, une dame des champs que j'imaginais, comme son homologue de la Sarthe, passer ses journées à cuisiner de copieuses tartes avec ses fruits à pépins et à noyau. Si ça se trouve, elle se passionnait aussi pour les poneys Shetland ! Ou pour le lama de la Drôme. Il paraît qu'on en élève beaucoup dans ce département.

Lors de ma petite visite à Claude Angeli, notre emblématique ex-rédacteur en chef, je n'avais rien pu apprendre de nouveau sur Edith. Claude m'avait juste confirmé qu'elle n'avait jamais travaillé pour le journal, mais comme il ne l'avait pas vraiment connue, je n'étais guère plus avancé. Un mois plus tard, je me risquais donc à entamer un tour des journalistes de la maison, histoire de partager ma trouvaille et d'en apprendre davantage, en commençant par les plus anciens et plus discrets, pour finir par les plus jeunes, potentiellement bavards.

J'ai naturellement attaqué avec les dessinateurs du *Canard*. André Escaro en étant lui-même un, et bien que retiré dans sa Drôme depuis vingt-cinq ans, j'ai supposé, à raison, que ses ex-collègues seraient les mieux placés pour me parler de ce vieux briscard et de son couple. Questionner en premier lieu les dessinateurs avait un autre avantage : c'est le corps de métier le moins en phase avec la direction. Pour une raison qui m'a toujours échappé, peut-être parce que les chefs sont des rédacteurs, les illustrateurs sont les journalistes les moins considérés, alors qu'ils y jouent un rôle capital. Bien sûr, deux-trois vedettes bénéficient d'une relative estime au sommet : les disparus Cabu et Pétillon avaient cette chance, Lefred-Thouron ou Aurel font également partie de ces petits veinards. Mais à part ceux-là, les autres sont logés à une drôle d'enseigne. Un coup, c'est leur trait de crayon qui ne convient pas, un autre, leurs astuces sont raillées, un troisième, leur noirceur ou leur candeur supposées font ricaner la direction. Les compliments sont rarissimes. Tous les 29 février…

Mais la chefferie se moque aussi des obsessions des dessinateurs, de leur susceptibilité, de leur manque de sens politique, du caractère de cochon d'untel ou encore de la concurrence féroce qu'ils entretiendraient. Au *Canard*, il y a toujours quelque chose à redire sur eux, et surtout des choses que l'on ne se permettrait jamais de balancer sur les rédacteurs. Finalement, à l'exception d'Escaro, un des principaux actionnaires du journal qui en a longtemps été l'administrateur délégué, nos braves dessinateurs n'ont jamais joui d'aucun pouvoir ni participé aux prises de décisions et ont, pour le coup, toujours été dépositaires de quelques misérables actions. Aujourd'hui, ils ne sont même pas présents aux conférences de rédaction, ne mettent quasiment plus les pieds rue Saint-Honoré, mais envoient leurs travaux par mail, attendant, chaque semaine, la sentence patronale qui s'abat sur leurs créations. Accessoirement, seuls deux d'entre eux sur une bonne quinzaine, Lefred-Thouron et Wosniak, sont salariés du palmipède. Tous les autres sont des pigistes, malléables à merci. Même un ancien comme Mougey, qui bosse comme un permanent pour *Le Canard* depuis quatorze ans, est toujours pigiste ! Bref, en allant cuisiner certains d'entre eux, j'avais la garantie qu'ils n'iraient pas jacter auprès de Michel Gaillard ou de Nicolas Brimo.

Wosniak fait partie de ceux qui avaient connu André Escaro. En plus de l'amitié que je lui porte, j'adore aller lui soutirer des secrets. Jacek affiche toujours une grande prudence qui, mêlée à son accent polonais, donne l'impression, lorsque l'on va l'interroger, qu'il vit encore sous le régime du général Jaruzelski. Wosniak m'a expliqué qu'il avait surpris, à l'époque du départ en retraite d'Escaro, une violente dispute entre ce dernier et Brimo. Il avait compris qu'il s'agissait, comme souvent au *Canard*, d'une querelle de pognon, avait entendu Brimo crier à Escaro « Tu n'es qu'un voyou ! », mais sans savoir de quoi il retournait précisément. Jacek savait aussi que la « copine d'Escaro », dont il avait oublié le nom, bénéficiait « de carte de presse de Canaaard » et qu'elle avait même touché « argent de Canaaard ». C'était maigre, mais j'avais la certitude que l'année 1996, celle du départ en retraite d'Escaro, était charnière. À cette date-là, le dessinateur de 68 piges avait cédé son fauteuil d'administrateur délégué du journal, autrement dit de gestionnaire de la boutique, au rédacteur Brimo. C'est lors de cette passation de pouvoir qu'Escaro aurait âprement négocié sa nouvelle vie à la campagne et, surtout, celle de sa compagne. Primo, il avait obtenu de continuer à dessiner ses cabochons publiés en page 2. Deuzio, que son Edith, de vingt ans sa cadette, soit employée par le journal sans manifestement y travailler. L'avenir du couple était solidement assuré !

D'après les documents que m'avait refilés ma gorge profonde préférée, Watergate, Edith avait bien commencé à percevoir des émoluments à partir de l'année 1996. Détail non négligeable, André Escaro, de son côté, et contrairement à ses prédécesseurs retraités, n'a jamais voulu rendre son tablier de membre du conseil d'administration, afin de demeurer un des quatre personnages les plus puissants du journal... et de veiller sur le bon traitement de madame. Une sorte de mandat à vie, totalement burlesque, puisque durant les années 2000, 2010 et jusque très récemment, ce drôle de retraité a pu conserver les plus hautes fonctions au *Canard*, sans jamais y remettre les pieds, ni participer à la moindre assemblée générale annuelle. Il se contentait de donner à distance son pouvoir de vote au duo Gaillard-Brimo. Il est ainsi devenu le fantôme le plus en vue de l'histoire du journal.

Un second dessinateur, l'ami Kerleroux, 85 piges au compteur, m'a bien distrait aussi. Jean-Marie avait eu l'honneur d'apercevoir jadis Edith. Mais à de rares occasions. Il ne l'avait jamais vue en train de bosser pour *Le Canard* bien sûr, la simple évocation de cette idée suffisait à déclencher son fou rire rauque, mais il l'avait croisée dans quelques soirées. Le souvenir d'une bringueuse, qui avait fait tourner la tête d'Escaro dans les années 80 et restait célèbre pour son répondant passé minuit, plutôt que pour un quelconque labeur. Kerleroux ricanait aussi sur un sujet tabou au *Canard*, la fortune d'Escaro :

« Je l'ai tout de même connu avec un hôtel particulier dans le Marais, qu'il partageait avec Jean-Louis Trintignant, une baraque à Belle-Île, sa maison dans la Drôme et son château en Normandie. Pas mal pour un dessinateur du *Canard* ! C'était un excellent gestionnaire immobilier. »

Ledit château en Normandie a toujours alimenté les plaisanteries. Situé dans l'Orne, sur la commune de La Ventrouze, il porte précisément le joli nom de Château de La Ventrouze. Une petite forteresse du XVe siècle, avec douves et pont-levis, dont la découverte par les camarades du journal, particulièrement par les dessinateurs gauchos, est restée épique. Ils ont eu l'occasion d'y être invités une fois, pour un pot de l'amitié, en 1990, après l'enterrement de l'écrivain Jacques-Laurent Bost, compagnon de route de Jean-Paul Sartre et de Simone de Beauvoir que Claude Angeli avait fait rentrer au *Canard*. Les malheureux canetons ne se sont pas remis de cette journée du patrimoine ! En pénétrant dans chaque pièce de sa majestueuse propriété, le châtelain Escaro pestait qu'elle lui coûtait fort cher, ce qui avait achevé d'énerver la joyeuse troupe de touristes.

Après Wosniak et Kerleroux, plus tard, j'ai eu l'occasion d'échanger sur Edith avec un troisième dessinateur, mon pote Kiro. Je suis allé chez lui déclencher un énième fou rire en répétant l'histoire de cette dame payée comme journaliste.

« Ah non, ça, c'est pas possible. Tout ce que tu veux, mais certainement pas journaliste, la Edith ! Je pense qu'elle aurait été bien incapable d'écrire un article et certainement pas dans *Le Canard*. On a toujours su qu'Escaro planquait un secret la concernant sans jamais savoir lequel. Tu vas foutre un sacré bordel avec cette histoire. Fais attention à toi, ce sont quand même des méchants. Protège-toi ! »

Kiro savait de quoi il parlait. Il avait lui-même fait les frais de la douceur des patrons pour s'y être jadis opposé. Ferdinand Guiraud, de son vrai nom, avait osé remettre en cause le système de rémunération des dessinateurs, pester contre les inégalités de traitement au sein du *Canard* et s'attaquer à l'opacité générale des salaires. Résultat : le sien n'a plus bougé pendant longtemps. Kiro a connu un traitement de choc tout à fait exceptionnel : malgré ses plus de quarante ans d'ancienneté, il n'a jamais reçu une seule action du journal, ni participé à la moindre assemblée générale. Un peu plus, il finissait au goulag !

Le conseil de mon ami Kiro était bienveillant. Bien sûr que je me protégerai. Et plutôt deux fois qu'une.

14

Poursuivant (toujours) l'enquête...

Robert Loye est un joyeux drille, notre ancien chef des ventes, tendance vieux beau, chemise blanche, cheveux mi-longs blancs aussi, qui avait laissé de sacrés souvenirs. Il passait les bouclages à nous raconter des blagues grivoises, en mimant des scènes interminables, déclenchant une hilarité de plus en plus générale à mesure que l'apéro se prolongeait. Depuis sa mise à la retraite, il revenait parfois au *Canard*, une bouteille de Châteauneuf-du-Pape blanc sous le bras, en mémoire d'un vieux marc du même coin que je lui avais fait découvrir en débarquant d'Avignon. Loye avait été un très bon ami d'André Escaro, mais il était d'un naturel assez franc.

À l'occasion de l'une de ces dégustations, j'ai pu le questionner sur la femme de son pote. Il m'a répondu comme à son habitude, dans le registre des *Tontons Flingueurs*.

« Ah, André, c'était quelqu'un. Un seigneur de

la fête et un malin. Qu'est-ce qu'on s'est mis avec lui ! Il avait même dû arrêter de picoler parce qu'il avait la goutte, il souffrait le martyre. Dès qu'il a sauté Edith, qui était secrétaire d'une revue qu'il avait créée il y a très longtemps, *Le Collectionneur français*, il l'a mise directrice. Et après, à sa souris, il lui a refilé quelque chose au *Canard* alors qu'elle ne travaillait pas. Certains le savaient. Mais personne n'a rien dit. »

Non, personne n'a rien dit. Personne ne dit rien. Au *Canard*, on nous a tellement enseigné la chance d'être là où l'on est que l'on ne trouve jamais rien à redire, même lorsque ça déraille complètement. Plus je progressais dans mes « interrogatoires », plus j'étais stupéfait du manque de curiosité, jadis, des gars du *Canard*. Mais j'ai commencé à réaliser ce que signifie vraiment un secret de famille en allant titiller les investigateurs, ceux qui distribuent les leçons à tour de bras dans leurs articles. Soyons justes, je ne me suis pas précipité pour les interroger en masse. J'y suis allé à pas de Sioux. En commençant par qui ? Par Hervé Liffran évidemment, mon voisin de bureau, mon compagnon d'enquête, avec qui j'ai partagé pas mal d'aventures en plus de l'affaire Fillon. Bygmalion bien sûr. L'enquête sur le marché du nouveau ministère de la Défense, le fameux « Pentagone à la française » : son constructeur, le groupe de Martin Bouygues, était visé par une instruction pour favoritisme, mais il avait déclenché un procès en diffamation mémorable, réclamant sans rire 3 millions d'euros au *Canard* et terminant débouté puis condamné à nous verser 11 000 euros ! Avec Liffran, nous avions aussi fait le tour du propriétaire de l'appartement de fonction du patron de la CGT, Thierry Lepaon, avec ses toilettes à 4 500 euros ; ou celui de la maison d'édition Actes Sud de Françoise Nyssen, une ministre de la Culture qui cultivait surtout une tendance à déclarer trois fois moins de mètres carrés qu'elle n'en construisait. Au printemps 2021, je me suis décidé à parler d'Edith à Hervé, lequel avait connu les années Escaro. J'ai choisi le repas du lundi.

Oui, en plus du repas d'après-bouclage du mardi, il y a le déjeuner d'avant-bouclage du lundi. Une fois les sujets d'enquête de la semaine présentés en conférence de rédaction, une seconde réunion, destinée à distribuer les papiers de commentaires, clôt la matinée, et nous emmène gentiment vers le déjeuner du lundi. Ce repas-là se déroule sans Gaillard, ni Brimo. Il est traditionnellement présidé par le rédacteur en chef dit « des pages 3 et 4 », traduction des « pages d'enquête », et se tient depuis des lustres dans un restaurant bien de chez nous du Ier arrondissement, autour d'un noyau dur d'une demi-douzaine de canetons fidèles, dont je fais partie. Fidèles surtout aux frites, car outre causer du bouclage, refaire le monde, s'engueuler à propos de Mélenchon ou du réchauffement climatique, le déjeuner du lundi est l'occasion de déguster des frites maison. Et de demander aux serveurs chaque semaine, depuis vingt ans, « Le plat du jour, c'est possible avec des frites ? », lesquels serveurs, même lorsqu'il s'agit de tripes ou de tête de veau, nous répondent imperturbables : « Avec des frites, oui c'est possible ! » Nous accompagnons toujours notre plat du jour aux frites avec un tord-boyaux de Visan, qui prend chaque année un degré d'alcool en plus (le réchauffement climatique peut-être ?) et condamne la plupart d'entre nous à une demi-sieste devant l'ordinateur.

Ce lundi-là, donc, j'étais assis à côté de Liffran, nous parlions du journal dont la qualité baisse autant que les ventes depuis quelques années, de l'absence de gros scoops depuis l'affaire Fillon, du gel incompréhensible des embauches, de la concurrence de *Mediapart* et de la nervosité grandissante de nos chefs… lorsque j'ai explosé. Un trop-plein. Edith pourrissait ma vie et mes nuits depuis un an et demi. Devant les copains, dont le rédacteur en chef Jean-François Julliard, j'ai balancé, haut et fort, à mon Hervé :

« Et tu oublies tout le reste, les petits arrangements entre amis et les combines avec Escaro et sa femme ! »

En face de moi, Isabelle Barré a brièvement relevé les yeux, interloquée, notre écrivain Sorj Chalandon a continué à narrer les exploits du Sinn

Fein irlandais à notre économiste Hervé Martin, un ancien Mao devenu sarkozyste, occupé pour sa part à défendre le pédégé en fuite de Renault, Carlos Ghosn. Mais Julliard a piqué du nez dans son assiette. Et Liffran s'est mis à hocher nerveusement la tête comme si je venais de commencer à trahir le lourd secret de famille. Manifestement, lui savait quelque chose. C'est étrange mais, jusqu'ici, je n'avais jamais osé parler d'Edith à cet enquêteur et ami, de surcroît spécialisé en Pénélope. La rédaction se moquait régulièrement de nos longues conversations culinaires, lors desquelles nous échangions nos recettes de cuisine. Je pouvais parler de bouffe avec Hervé pendant des heures, mais je ne lui avais jamais touché un mot d'Edith. Je craignais qu'il panique, que ce moine caneton ait peur pour *Le Canard*, qu'il aille jusqu'à cancaner auprès de la direction. Toujours est-il que Liffran a réagi. Il a même fini par me glisser à l'oreille :

« Oui, c'est vrai, Escaro, il y a peut-être eu des choses. »

Je n'étais pas certain que l'on pense aux mêmes « choses », lui faisait peut-être référence aux légendaires talents immobiliers d'Escaro, mais après le repas, sur le chemin du retour, en traversant les jardins du Palais-Royal dans lesquels mon Hervé ne peut pas s'empêcher de nous dispenser ses leçons d'horticulture, je lui ai demandé tout de go :

« Tu la connais, toi, Edith Escaro, enfin Edith Vandendaele ?

— Oui, non, vaguement, j'ai dû la voir une fois dans une soirée. Pourquoi ?

— Tu savais qu'elle était payée par le journal ?

— Pas du tout, pas du tout.

— Elle était déclarée comme journaliste et a été mise récemment à la retraite, en décembre 2019, avec une prime apparemment.

— Ah bon ? Et de quel montant ?

— Elle a fini à plus de 5 000 balles par mois. D'après le total de ses gains la dernière année et mes calculs, elle est partie avec une retraite de plus de 4 000 euros. »

Hervé a fait de gros yeux avant de baisser la tête, de mettre les bras dans son dos et de continuer à marcher en silence en traversant l'avenue de l'Opéra, penché vers l'avant :

« Gloups ! » m'a-t-il simplement lâché, comme lorsqu'il prend un homme politique la main dans le sac.

La suite m'a plus étonné encore. Rompant avec ses talents réputés de limier, mon Hervé n'a plus jamais fait référence à notre conversation dans les jardins du Palais-Royal, il ne m'a plus posé la moindre question, le sujet a disparu de nos échanges de voisins de bureaux, envolé, rayé de la liste, gommé de sa mémoire ! Le redoutable chasseur Liffran, capable de traquer un ministre pendant une semaine pour connaître la surface des toilettes de son logement de fonction, m'a semblé frappé d'amnésie ultra-violente sur l'affaire Edith. Je l'avais mis sur la piste d'une nouvelle Pénélope, visiblement, il l'avait superbement ignorée. Incroyable mais vrai !

Après cet échec cuisant, profitant de la torpeur de l'été 2021, je suis allé me refaire une santé auprès d'une troisième catégorie de confrères, les quatre « SR », nos secrétaires de rédaction. « Poursuivant l'enquête... », selon l'expression consacrée des poulets, j'ai questionné ces individus qui bénéficient d'un énorme privilège : ils sont les seuls, au *Canard*, à avoir un contact avec... Edith ! Miracle, ils connaissent même sa voix, ils lui parlent chaque semaine au téléphone depuis des années. Mais, curieusement, eux aussi rient beaucoup lorsqu'on leur demande si Mme Escaro travaille pour le journal.

« Travailler c'est un bien grand mot », m'ont ainsi chanté, en chœur, Dominique, Emmanuelle, Claudine et Paul.

Puis, ils m'ont expliqué le topo. Pour activité, Edith, la spécialiste du fruit à pépins et à noyau, se contente d'envoyer aux secrétaires de rédaction, chaque lundi et mardi matin, les cabochons que le retraité Escaro dessine dans la Drôme. Si madame ne fait rien de plus que les expédier, monsieur ne se foule pas trop non plus : il se contente d'illustrer le contenu des échos de pages 2 que lui détaille

Gaillard au téléphone et, depuis quinze ans au moins, ses cabochons ressemblent plus à des crobards fatigués qu'à des dessins satiriques d'actualité. Régulièrement, les « SR » suggéraient à la direction de reconsidérer la publication de ces cabochons, mais le message était toujours le même : « Pas touche à Escaro ! » Et, surtout, pas touche au grisbi.

Réjouissant télescopage : en novembre 2021 arrivait le procès des époux Fillon devant la cour d'appel de Paris. Impossible, pour moi, d'y mettre un orteil. Pendant deux semaines, à chaque réunion, j'observais péniblement Gaillard et Brimo disserter sur les « diaboliques » de la Sarthe, réclamer des articles en ricanant de leur sort, se payer la pomme de Pénélope alors qu'ils avaient Edith dans le placard. Ces réunions me devenaient insupportables. À chaque fois que j'avais l'occasion de proposer un sujet sur les Fillon, j'esquivais, je passais mon tour, je larguais une boutade grossière, je répétais que tout avait déjà été dit… Je n'écrirais plus sur les Fillon, c'était sans appel. Isabelle Barré m'a demandé, un jour, étonnée :

« Tu ne veux pas venir au procès ?

— Non. »

Un « non » sec. Tellement sec qu'elle n'a pas osé me relancer. Mon pote Liffran, lui, y est allé, au tribunal. Il a continué à faire comme si de rien n'était. À écouter les juges accuser le couple d'avoir mis en place un… « système d'enrichissement familial ».

Pour moi, 2021 allait s'achever comme 2020. Un écœurement plus fort, certes. Une colère plus grande contre cette histoire d'emploi bidon d'Edith, certes. Mais toujours pas le courage d'aller affronter les auteurs.

Quoique.

15

« Mon poing dans ta gueule ! »

Au *Canard*, il existe deux sympathiques adages, rappelés au besoin par la direction. Le premier est le préféré de Nicolas Brimo : « Le pouvoir, ça ne se partage pas. » Tellement en phase avec l'image de joyeuse amicale que *Le Canard* aime renvoyer à l'extérieur… Le second a les faveurs de Michel Gaillard : « L'humour, c'est de haut en bas, jamais de bas en haut. » Manière de souligner que tous les confrères du palmipède sont égaux, mais certains plus que d'autres : le chef peut se moquer à sa guise du journaliste de base, mais l'inverse est moyennement autorisé. Dès qu'un audacieux se permet d'abuser de la camaraderie que font mine de cultiver nos gouvernants, il est illico rattrapé par la patrouille : « L'humour, c'est de haut en bas, jamais de bas en haut ! » Au *Canard*, l'horizontalité est vite regagnée par la verticalité.

C'est pour avoir ignoré ce précepte que mon camarade Liffran s'est durement fait secouer par Brimo, un jour funeste de l'hiver 2021. Ce 15 décembre où beaucoup de choses ont changé. Nous étions, comme un mercredi, morts d'ennui en conférence de rédaction. Une léthargie journalistique qui va bizarrement de pair, depuis quelques années, avec une tension professionnelle permanente, désagréable. Je date l'origine de ce changement d'ambiance au fameux jeu de chaises musicales de l'été 2017, six mois après l'affaire Fillon, lorsque Gaillard, tout en se propulsant président à vie, a eu l'idée de céder son fauteuil de directeur à Brimo, le tout salué par le fameux cri de Dominique Simmonot : « C'est comme Poutine et Medvedev ! »

Nicolas, déjà naturellement porté sur l'austérité, a pris ses nouvelles fonctions très à cœur. Il s'est mis à jouer au *cost killer*. Alors que notre journal croule sous l'oseille (un magot de 135 millions d'euros dort à la banque), notre jeune dirlo de 66 ans au moment de sa promotion a commencé à dresser des tableaux savants de « masse salariale », à freiner les embauches, à tasser les rémunérations, à raboter dans notre dos les montants versés aux pigistes, à pousser une quinzaine de nos anciens à se mettre en cumul emploi-retraite, histoire qu'ils continuent à turbiner pour le journal, mais sans rien lui coûter ou presque. Ce sont la Sécu et les caisses de retraite qui paient, la classe ! Même le pédégé Gaillard travaille, depuis 2019, en cumul emploi-retraite. Autant dire que ces fantaisies n'ont contribué ni au rajeunissement de la rédaction, ni à sa dynamisation, mais qu'elles ont plutôt eu un effet bœuf sur notre motivation et sur les ventes.

Alors qu'en 2017, grâce au feuilleton Fillon, nous avions fait un bond de 12 % en portant les ventes, soyons précis, à 399 457 exemplaires en moyenne par semaine, la suite a été beaucoup moins rose. Nous avons plongé chaque année jusqu'à passer allègrement sous la barre symbolique des 300 000 journaux écoulés (281 747 en 2021). Mais en pleine dégringolade des scoops et des lecteurs, au lieu de remettre de la joie, de la bonne humeur et du charbon dans la chaudière, au lieu d'investir et d'embaucher, le dirlo vissait les boulons, serrait les ceintures et aboyait. Tout faux. En août 2021, il a même planqué la poussière sous le tapis, en faisant l'impasse sur notre traditionnel exercice de transparence : la publication estivale des comptes et des ventes du journal. Puis Nicolas a poussé plus loin la profanation : le repas de bouclage du mardi a été supprimé net. Une attaque contre la table, c'est *Le Canard* qu'on assassine !

Bref, c'est dans ce doux contexte que, le 15 décembre 2021, Liffran s'est permis d'expérimenter l'humour… de bas en haut ! Nous somnolions sévèrement en conférence de rédaction, donc, lorsqu'une saillie nous a soudainement réveillés. Tandis que Brimo s'était lancé dans une de ces violentes charges contre le conseil constitutionnel qu'il affectionne, mon Hervé s'est payé sa tête :

« C'est drôle, tu dis la même chose que Zemmour. »

Mazette ! Nicolas a bredouillé un « je te remercie », il n'a plus pipé mot de la réunion mais, à la fin, s'est levé comme un pilier de rugby, a foncé le poing serré vers le fauteuil de Liffran, s'est planté au-dessus de lui et a dérapé comme une savonnette :

« Ce que tu m'as dit, ça mérite mon poing dans la gueule ! »

Holà, minute Papillon ! Surpris et recroquevillé sur son siège, Hervé a tenté de calmer le jeu, répétant au directeur qu'il avait tenu des propos proches de ceux de Zemmour sur le conseil constitutionnel, que cela n'en faisait pas pour autant un adepte du zemmourisme, mais le vexé a récidivé :

« La prochaine fois, c'est mon poing dans ta gueule ! La prochaine fois, c'est mon poing dans ta gueule ! »

Je ne sais pas si ce sont mes origines corses, mais à la troisième menace, j'ai bondi de mon siège. Cela aurait fait plaisir à ma vieille tante Antoinette, au village, qui disait : « Une menace, tu rigoles ; deux menaces, tu te tiens sur tes gardes ; trois menaces, tu réponds ou tu pars. Avà basta ! » C'est assez ! Brimo fait une fois et demie le poids de Liffran, en tant qu'ami et voisin de bureau de l'opprimé, je ne pouvais plus rester les bras croisés. Je me suis interposé :

« Mais qu'est-ce qui te prend, tu arrêtes ça, tu ne vas mettre ton poing dans la gueule de personne.

— Toi, tu te mêles de ce qui te regarde ! m'a repoussé Brimo.

— Mais ça me regarde, je suis salarié de cette boîte. »

Le ton ne retombait pas, Nicolas et mon Hervé gesticulaient. Dans l'excitation et le brouhaha, coincé entre les deux, j'ai vite ressenti une grande solitude. J'ai eu le temps d'apercevoir les copains se carapater comme une volée de moineaux vers la salle d'à côté, en parlant de plus en plus fort comme pour couvrir les bruits de la baston qu'ils fuyaient opportunément. Les très rares camarades qui sont restés n'ont pas moufté, j'ai poursuivi mon tête-à-tête :

« Tu parles mal aux gens, ce n'est plus possible Nicolas.

— Je leur parle comme je veux ! »

À ce moment-là, j'ai senti une main m'attraper par le bras et me tirer vers l'arrière. C'était le rédac-chef Erik Emptaz, qui m'exfiltrait pour… me proposer un sujet « marrant à faire sur Bolloré ». La totalité de ce que j'étais en train de vivre était surréaliste, j'ai pris mes cliques et mes claques, il valait mieux que je rentre chez moi. Le soir, mon téléphone a surchauffé.

J'ai eu Sorj Chalandon, qui avait loupé la bagarre, mais qui m'a raconté une anecdote savoureuse. Pendant que ça bardait, Jean-François Julliard, l'autre rédac-chef, avait soudainement ressenti une irrépressible envie de prendre l'air et de l'inviter à boire un coup au bistrot d'en bas. Et Sorj de conclure :

« Il a insisté pour qu'on traîne un peu au café alors que je voulais remonter. Maintenant je comprends. C'est drôôôle. »

Je ne sais plus qui m'a également raconté qu'Emptaz, une fois les esprits apaisés, était « héroïquement intervenu » auprès de Brimo : en réalité, il lui avait simplement asséné : « Il faut que tu calmes le jeu. » Une outrecuidance qui lui a valu, par la suite, les sarcasmes de patriarche de Gaillard, qui l'affublait du titre de « représentant du personnel ». Enfin, j'ai pu avoir au téléphone le martyr du jour, Liffran lui-même !

« Nicolas, ça ne va pas du tout », a-t-il décrypté, perspicace.

Et d'ajouter :

« Bon, demain, j'irai parler à Michel ! »

Las, le lendemain, le pauvre Hervé a juste eu le temps de glisser à Gaillard « on va dans le mur », l'autre lui a répondu sèchement :

« Tu ne vas pas me dire que ça t'a impressionné. Tu vas t'en remettre. »

Circulez, y avait rien à voir ! Enfin presque. Car

ça n'était pas la première fois que Brimo avait une algarade avec un membre de la rédaction. En prime, peu de temps après mon ingérence dans sa rixe avec Liffran, Gaillard a pris son air sévère pour m'entreprendre à la machine café :

« Bon, Nobili, je crois qu'il faut qu'on parle. »

Avà basta ! Je n'ai pas parlé à Michel. Le lendemain, c'est à un vieux pote que je téléphonais : Emmanuel Vire, le secrétaire général du syndicat de journalistes SNJ-CGT. Je lui ai exposé le récit des deux semaines palpitantes que je venais de vivre, Vire n'a pas tergiversé. Je lui ai dit que je songeais sérieusement à une protection syndicale, il m'a dit :

« Oui, tu as raison. »

Je lui ai expliqué que j'étais tenté par la création d'une section au *Canard*, il m'a confirmé :

« Oui, tu as raison. »

Il m'a précisé que sitôt la section syndicale créée, il m'en désignerait responsable, ce qui ferait de moi un salarié protégé, j'ai conclu :

« Oui, tu as raison. »

Et voilà comment est né le tout premier syndicat au *Canard*, en 107 ans d'histoire. Bizarrement, l'événement n'a pas été fêté comme il se doit. C'est affreux à écrire pour un journal comme le nôtre, mais c'est exactement l'inverse qui s'est produit. Dans des proportions insoupçonnables. Je ne le savais pas non plus, mais la création de ce syndicat et les découvertes sociales auxquelles il m'amènerait, comparées au traitement royal dont bénéficiait la fantomatique Edith, allaient précipiter les choses du côté judiciaire…

Un brin taquin, Emmanuel Vire avait choisi le 31 décembre pour expédier à Brimo la lettre recommandée annonçant cette naissance. Nicolas, après l'avoir ouverte, ne m'a pas appelé. Et je ne l'ai pas appelé. Le 3 janvier, lorsque, rentré de congé, j'ai poussé la porte de la rédaction qui donne droit sur le bureau des jumeaux dirigeants, j'ai aperçu leurs mines, j'ai immédiatement compris. Les néophytes me pardonneront d'y revenir ; les connaisseurs, amusés, me comprendront parfaitement : Gaillard et Brimo m'ont regardé avec une trombine qui m'a rappelé le parrain Paul Cicero, dans *Les Affranchis*, écoutant, menottes aux poignets, son ex-fils spirituel, Henry Hill, déballer toute la vie de leur clan au tribunal. Une gueule de patriarche trahi, de grand chef sidéré par l'audace d'un minus.

Cette tête-là, mes patrons allaient l'arborer un paquet de fois, encore, dans les mois qui suivraient.

16

Un syndicat, deux avocats

« Pour créer ta section syndicale, il faut être au moins deux », m'avait expliqué mon copain Vire, avant d'expédier sa lettre recommandée au journal. Je mentirais si je disais que j'ai eu du mal à trouver mon premier compagnon de route, mais mon démarchage téléphonique a parfois pris une tournure inattendue. Expliquer à un adepte du *Canard* que l'on crée un syndicat n'est pas de tout repos. Il faut d'abord lui prouver à quoi cela va globalement servir, si, si. Il faut ensuite lui vendre que cela va permettre de porter des revendications (« il y en a ? »), d'avoir des élus de personnel (« des quoi ? ») et même de se mettre en conformité avec la loi, en créant un comité d'entreprise, ce machin bizarre qui existe en France depuis 1945. Enfin, il est indispensable de convaincre le camarade que la maison ne va pas s'écrouler, qu'il ne craint rien, qu'il ne finira pas brûlé en enfer. De loin l'étape la plus acrobatique...

Trois intrépides, la dernière arrivée en charge de la justice, Marine Babonneau, la secrétaire de rédaction Claudine Alizon et ma grande copine Anne-Sophie Mercier, m'ont d'emblée assuré de leur engagement. Suivies de près par deux autres aventuriers, Dominique Jaillet et Emmanuelle Jacquet, ainsi que le journaliste « Culture » David Fontaine. Après quelques questionnements, Isabelle Barré nous a rejoints. En à peine quinze jours, nous étions huit. Deux semaines plus tard, avec mon ex-tuteur Jean-Luc Porquet et la correctrice Miwou Woungly Massaga, nous montions à dix ! Lorsque les chefs ont commencé à répandre, dans la rédaction, que tout cela était « ridicule », que je voulais « détruire le journal » avec mon syndicat, nous sommes passés à treize ! Mi-février, Vire m'encensait au téléphone, hilare :

« Mais qu'est-ce qui se passe au *Canard* ? Tu vas avoir la médaille du syndicaliste recruteur de l'année ! »

J'ai surtout enfilé la robe de premier aumônier du journal. Dès les premiers jours de janvier 2022, les canetons ont commencé à défiler dans mon confessionnal. Les secrétaires de rédaction contenaient une colère sourde et m'ont déballé leurs salaires : ils étaient moins bien payés que leurs aînés quinze ans plus tôt. La plupart des rédacteurs aussi étaient moins bien traités que leurs ancêtres des années 90, voire 80. Certains m'ont raconté qu'ils n'avaient pas eu d'augmentation depuis des lustres. Les filles de l'accueil, au premier étage, étaient furibardes de leurs émoluments et de la politique des congés. Quant à la foule de pigistes, qui représentent un bon tiers de l'horrible « masse salariale », ils trimaient sans comprendre leur rémunération.

Au *Canard*, le pigiste doit déjà s'estimer heureux de l'être ! Mais le bonheur a ses limites. Le palmipède est l'un des rares journaux dans lesquels il n'existe aucune grille tarifaire des piges, aucune règle ou presque[1]. Leur paiement s'effectue de manière fortement discrétionnaire. La chefferie applique une sorte de cote mal taillée en fonction de la longueur de l'article, de l'importance de l'information et, un peu, de la tête du client. Jusqu'à l'arrivée au pouvoir de Brimo, les pigistes ne se plaignaient pas trop, ils s'y retrouvaient dans ce bricolage, plutôt à leur avantage. Après 2017, le ruissellement a commencé à connaître de sacrés loupés. Les plaignants sont devenus de plus en plus nombreux, et ceux fatigués d'être payés deux fois moins pour le même boulot d'une année sur l'autre, voire d'un numéro sur l'autre, ont commencé à lever le doigt. Accessoirement, certains en ont eu

1. Il a fallu attendre un comité d'entreprise du 6 octobre 2022 pour que notre syndicat finisse par obtenir l'instauration d'un tarif minimum pour le règlement des piges et des dessins. Alléluia !

ras le bol de ne jamais recevoir la moindre prime d'ancienneté[1]. *Le Canard*, là encore, doit être la seule gazette de France à ne jamais l'avoir versée.

Bref, ça râlait à tous les étages, le jeune responsable SNJ-CGT que j'étais compatissait évidemment à la douleur de chacun, mais réalisait surtout le pire, avec le nouveau mode de pensée syndicaliste qui convient : pendant que les masses laborieuses trimaient, Mme Edith, elle, femme d'administrateur du *Canard*, copine du patronat rapace, se la coulait douce, dans sa Drôme provençale, à cultiver ses fruits à pépins et à noyau, pour palper jusqu'à 5 000 euros par mois, un salaire que ne touchent pas certains rédacteurs après dix ans, voire quinze de loyaux services, et qui reste bien supérieur à celui d'un secrétaire de rédaction.

Inutile de préciser que mon savoir sur le couple Escaro, confronté à mes nouvelles découvertes de curé du journal, ébranlait encore un peu plus ma foi. À force d'accumuler les désillusions, l'une des phrases favorites des journalistes du *Canard* m'est revenue, en boucle : « Si ça continue, il va falloir que ça cesse ! » Mes insomnies devenaient

1. Cette régularisation-là, nous l'avons enfin obtenue en janvier 2023. La direction du *Canard* s'est conformée à l'obligation de verser leur prime d'ancienneté aux pigistes et à procéder au rappel de son versement sur les trois dernières années.

interminables, parfois, vers 3 heures, je pouvais me retrouver à allumer la télé, à mater ces épouvantables séries sur les crimes et les faits divers qui polluent les chaînes, à me farcir un épisode entier de *Faites entrer l'accusé*, en écoutant religieusement son chroniqueur inspiré, Dominique Rizet, le seul type capable de détailler avec gourmandise les résultats d'une autopsie ! Ces nuits-là, je m'empiffrais de plus en plus avant d'aller me recoucher, je grossissais. Depuis plusieurs mois, j'étais également pris d'infernales nausées matinales. Précisément, d'un « réflexe nauséeux » m'avait diagnostiqué la faculté, lié au manque de sommeil et au stress, qui ne m'a plus jamais quitté, m'empêche toujours de me brosser les dents avant midi et m'interdit d'avaler le moindre café à jeun.

À chaque réveil, à la vue de ma mine blafarde, ma femme demandait : « Ça va ce matin ? » Un matin de la fin janvier, ça n'a plus été du tout. Alors que je n'avais quasiment pas dormi et que j'ai manqué de vomir en prenant ma douche, j'ai décidé que le chemin parcouru avec Edith avait été suffisamment long, que je n'irais pas plus loin, c'était le moment. Les privilèges accordés à la princesse Escaro, comparés aux inégalités salariales en vigueur au *Canard*, m'étaient devenus insupportables. Je n'allais pas continuer à m'échouer sur mon canapé avec mes secrets et mes regrets. J'avais emmagasiné pas mal d'infos depuis plus d'un an sur notre Pénélope à plumes et à palmes, mais il me manquait encore des éléments. Il me fallait vérifier certains points, comprendre le fonctionnement exact de sa rémunération, recouper davantage et, après, y aller. Aller mettre le dossier sous le nez de mes patrons, les confronter, organiser le contradictoire, comme un brave soldat du journalisme. J'aurais l'air fin, certes, face à mes propres dirigeants, en sortant mes documents de mon sac à dos, en les questionnant comme on avait cuisiné Fillon, en leur avouant que j'avais découvert leur Pénélope à eux, pas dans la Sarthe mais dans la Drôme. Pour le coup, elle m'arrangeait bien, ma protection syndicale. Mon petit blindage.

Ce n'est pas un syndicaliste que j'ai appelé cette fois. Mais un avocat. Pierre-Olivier Lambert – ses proches l'appellent « Pol » forcément – est un pénaliste que j'avais suivi quelques années auparavant, dans le volet médiatique de l'affaire Bygmalion. Il ferraillait contre l'ancien pédégé de France Télévisions, Patrick de Carolis, dont j'avais abondamment narré les exploits dans *Le Canard*. Ce grand pote de Bernadette Chirac avait aidé son ancien directeur de la com', Bastien Millot, à lancer sa fameuse société Bygmalion, en le gavant de contrats de conseils sans appel d'offres, avec l'argent de la télé publique. En 2019, Carolis a été condamné, en appel, à cinq mois de prison avec sursis et 25 000 euros d'amende pour délit de favoritisme, ce qui ne l'a pas empêché de poursuivre une carrière mondaine d'écrivain, de directeur du musée Marmottan et de finir par se faire élire, sous le soleil de Provence, maire d'Arles. Admirable prime à la casserole…

« Pol » avait, pour moi, un gros avantage : il est humble. Ce qui n'est pas courant chez les pénalistes. À se demander, même, comment il avait pu en devenir un. Je ne voulais surtout pas d'un ténor du barreau, d'un vendeur de cravates, d'un gonfleur d'hélices, qui s'écoute plaider et que la simple idée d'affronter les patrons du *Canard* aurait pu flatter à mes dépens, ou qui, au contraire, aurait trop canardé pour refaire sa réputation et les boiseries de son cabinet.

Avant de choisir l'avocat et la confidentialité, j'ai parfois songé à tout balancer sur les salaires d'Edith à mes nouveaux camarades syndiqués, au gré de leurs adhésions. Ou à lâcher la bombe, sans préparation, en plein milieu de notre rédaction, que ça parte dans tous les sens, et puis advienne que pourra ! Je me suis abstenu, évidemment. J'ai douté de certains copains. Je n'ai pas voulu tromper les autres. Ils se seraient sentis piégés, embarqués dans l'aventure pénale alors qu'ils étaient venus pour le combat syndical. Lorsque nous faisions de petites réunions, au début et au bistrot, c'était un folklore. Les uns quittaient le journal en décalé ou filaient à l'anglaise pour ne pas éveiller les soupçons de la direction, les autres tergiversaient pour choisir une table ne donnant pas sur la rue. Un jour, j'ai appelé Sorj Chalandon pour qu'il nous rejoigne. L'ancien reporter de guerre, adepte du poing levé en réunion, toujours prêt à défendre la veuve irakienne et l'orphelin afghan, m'a douché :

« Tu sais, quand j'étais à *Libé*, la création d'un syndicat, ça a été le début de la guerre. »

Mais j'ai connu plus douloureux : la réaction d'Hervé Liffran, le miraculé du bourre-pif, sauvé par mon intervention, que j'avais appelé pour lui présenter mon initiative et qui m'a reçu comme un cancre d'école primaire coupable d'une grosse bêtise :

« Vas-y, crache ta Valda ! Une section syndicale ? Hé ben, je ne suis pas sûr que ce soit une bonne idée. Tu vas braquer Michel et Nicolas. »

Braquer Michel et Nicolas, peuchère… C'est donc auprès de Pierre-Olivier Lambert que je suis allé chercher de vrais conseils et cracher ma Valda, devant une pizza à la burrata. « Pol », que je n'ai jamais vu un verre de vin à la main, aurait mieux fait d'en commander un ce jour-là, histoire de supporter le choc. Je m'étais payé le culot de l'inviter, un lundi midi, jour de bouclage, dans un resto italien situé à 30 mètres du *Canard* et de réserver une table donnant directement sur la rue ! Le début de mon attitude kamikaze en public, je crois… L'unique fois, aussi, où je n'ai pas fini une pizza à la burrata. Déballer à un avocat l'existence d'une

Pénélope au *Canard*, autrement dit mettre une première balle dans le barillet, m'a un peu coupé l'appétit, je dois l'avouer. Pierre-Olivier Lambert n'a pas terminé ses pâtes non plus. Il n'était pas assis en face de moi, mais sur le côté, et à chaque révélation de ma part, il balayait la salle comme un sonar pour s'assurer qu'aucun curieux ne capte notre inconsciente conversation.

« 1,5 million d'euros tu dis ? Pendant vingt-cinq ans ? Mais cette dame vous ne l'avez même pas croisée une fois ?

— Non, pas une seule !

— Et elle n'a pas pu travailler à distance ?

— Non, je sais qu'elle ne travaille pas, je suis là depuis dix-huit ans. Elle est salariée en plus, en CDI, aucun CDI ne travaille à distance ! Et ceux à qui elle envoie les dessins d'Escaro au moment du bouclage le savent aussi qu'elle ne fout rien. Elle n'est évidemment pas journaliste au *Canard*, malgré sa carte de presse, elle n'a jamais rien écrit, ni dessiné, n'a pas participé à la moindre réunion, à la moindre festivité. Je suis proche de Gaillard, si elle avait fait quoi que ce soit, je le saurais, c'est n'importe quoi. C'est absurde !

— Bon, de toute façon, avant de bouger, tu dois leur en parler. Tu dois les rencontrer, mais dans certaines conditions. Ah ben merde alors ! »

À la fin du repas, assommé par les aventures d'Edith au pays des merveilles, « Pol » m'a donné rendez-vous à son cabinet pour que je lui apporte les documents et que je revoie son associée, Maria Cornaz Bassoli, croisée également à l'époque de la pantalonnade Bygmalion. Encore une pénaliste humble. Cela en fait au moins deux. Pour une ville comme Paris, c'est énorme !

Hasard du calendrier, le jour où j'ai été reçu par Pierre-Olivier et Maria, je me suis ensuite copieusement engueulé avec Nicolas Brimo à propos du syndicat. J'ai eu la confirmation que j'allais devoir survivre sur deux fronts : la guéguerre syndicale et la guerre pénale. En groupe d'un côté, isolé de l'autre. J'assistais chaque jour, impuissant et sidéré, à un spectacle désolant pour notre palmipède, qui avait soutenu les paysans du Larzac, les naufragés de Moulinex et les révoltés de LU : Gaillard et Brimo ne m'adressaient quasiment plus la parole, reprenaient leur tête de trahis des *Affranchis* dès que je passais le seuil de la rédaction et me cassaient tellement de sucre sur le dos que j'aurais pu ouvrir une confiserie. En créant ma section, j'avais commis un crime de lèse-majesté et, pire que tout, je m'étais vautré dans les bras de la CGT ! En réunion, mes camarades et moi avions ainsi droit aux blagues finaudes sur Philippe Martinez, le journal allait tomber aux mains des bolchéviques (les « Stal », comme les appelle Michel), lesquels finiraient immanquablement par piquer la caisse du *Canard*. Nos dirigeants avaient durement vieilli et sombraient dans une paranoïa bouffonne. Avant de connaître la casquette syndicale que j'avais choisie, Erik Emptaz m'avait d'ailleurs demandé :

« Tu t'es mis à la CFDT, non ? »

J'avais répondu, paraphrasant ma copine Anne-Sophie Mercier :

« Quand on part à la castagne, on prend pas la CFDT. »

La castagne a pris, une fois encore, la forme d'une lettre recommandée. Envoyée par mes avocats. « Pol » avait suggéré d'écrire à Gaillard et Brimo un aimable courrier leur expliquant que j'avais découvert au journal des « faits susceptibles de constituer une infraction pénale », qu'il serait opportun qu'une rencontre soit organisée en toute confidentialité et dans les meilleurs délais, avec un avocat de leur choix, mais leur avocat personnel, pas celui payé par *Le Canard.* Son idée était de tirer profit des récentes lois pour m'équiper d'une seconde armure, en plus de ma cuirasse syndicale : le statut de lanceur d'alerte. Bigre ! Je n'aime pas trop ce terme victimaire, je me disais que « lanceur d'alerte » au *Canard*, cela ferait marrer toute la profession, mais après tout, ma protection valait plus que les ricanements du métier.

Avant que « Pol » et « Maria » n'expédient leur bafouille à la direction, je me suis payé le luxe de procéder aux ultimes vérifications sur Edith que j'avais programmées, en allant farfouiller dans mon carnet d'adresses, du côté de la commission de la carte d'identité des journalistes. Que du bonheur ! J'ai d'abord découvert que *Le Canard*, pour tromper cette commission et permettre à Mme Escaro d'obtenir une carte de presse, avait déclaré cette dernière comme secrétaire de rédaction du journal, entre 1996 et 1998, émargeant à l'époque – en francs – à un salaire équivalent à 3 100 euros mensuels. À partir de 1999, *Le Canard* avait poussé le bidonnage plus loin : sur le papier, Edith était devenue sans rire « rédactrice », augmentée chaque année comme je le savais déjà, pour finir à plus de 5 000 euros par mois, avant sa mise à la retraite fantoche, en décembre 2019. Surprise de dernière minute : une source m'a confié qu'elle avait même trouvé trace de « cartes de presse de Mme Vandendaele au nom du *Canard Enchaîné* » dans les années 80 et au début des années 90, lorsqu'André Escaro était encore aux manettes. La farce se poursuivait. L'histoire d'Edith ressemblait encore plus à celle de Pénélope Fillon, dont nous avions aussi découvert, sur le tard, que les premières collaborations bidon avaient été déclarées par son mari dans les années 80. Je ne me suis pas, pour autant, lancé dans de nouvelles fouilles archéologiques. Ce que je savais déjà de la Drômoise, à partir de 1996, était amplement suffisant.

J'ai notamment pu affiner le dispositif dont elle bénéficiait. Notre fantomatique consœur n'était pas traitée comme une vulgaire pigiste, mais disposait d'un régime rigoureusement identique à l'ensemble des journalistes titulaires de la rédaction. Elle bénéficiait d'un salaire de base, auquel s'ajoutaient ensuite un 13e, un 14e et un 15e mois. En outre, le journal lui versait des primes. Oui, des gratifications de fin d'année ! Sûrement pour ses innombrables scoops. Mieux : j'ai appris, tout aussi baba, qu'elle touchait, depuis janvier 2020, la retraite complémentaire du *Canard*, en plus de celle que lui versent déjà, indûment, la Sécu et la caisse des cadres. Je ne rêvais pas : Edith empochait aussi le fruit des millions de bénefs que nous avions engrangés en bossant pendant des décennies et qui servaient à financer notre retraite « chapeau », comme on l'appelle.

Ah, cette pension… une vraie poule aux œufs d'or pour nos chers aînés. Pour l'abonder, Gaillard et Brimo ont ponctionné, depuis 2008, pas moins de 23 millions d'euros dans les caisses du *Canard* et choisi une formule sur mesure pour leurs vieux jours : une rente de 1 % (0,925 % exactement) du dernier salaire annuel brut par année d'ancienneté, sachant qu'il est possible de remonter jusqu'à quarante ans d'ancienneté. Un critère que nos deux décideurs remplissent comme par hasard haut la main… La manne que cela représente pour un dirigeant qui a passé les deux tiers de sa vie au journal et émarge à plusieurs centaines de milliers d'euros par an est mirifique. Ce dispositif « chapeau » garantit tout simplement de partir avec plusieurs milliers d'euros par mois, en plus de la retraite de base. Voire, pour certains, de retrouver quasiment 100 % du salaire qu'ils avaient en activité ! Ironie du sort : en janvier 2020, juste après la mise en retraite d'Edith, à 72 ans, avec son petit « chapeau », Bruxelles et Bercy ont mis fin à ce régime avantageux, trop peu fiscalisé à leur goût, pour en proposer un nouveau, un peu moins juteux. Mais *Le Canard* n'a pas voulu l'adopter ! Notre vieille chefferie, désormais à l'abri, nous a expliqué sans rire qu'il était très compliqué de remettre en place un système de « retraite chapeau ». Et a usé de toutes les manœuvres dilatoires pour y échapper. Résultat : les plus jeunes, dont je fais partie malgré mes 51 piges, ont dû batailler pendant trois ans, comme des idiots, pour qu'un régime soit à nouveau financé.

« Vous avez fermé la porte derrière vous, ai-je hurlé un jour à Gaillard, lors d'un comité d'entreprise.

— Tu déraillles, t'es pas gêné de dire ça ? » a-t-il crâné.

Mais que la retraitée Escaro, elle, soit grassement servie, cela ne gênait personne.

J'ai passé les vacances de février 2022 furibard. Très fébrile aussi. Dans ma campagne périgourdine, je taillais et retaillais mes arbres en attendant le projet de lettre de mes avocats. Je pouvais encore décrocher mon téléphone, les appeler, tout annuler, rattraper le condamné dans le couloir de la mort, faire machine arrière. Mais non, non. Edith touchait même la « retraite chapeau », bordel ! Maria m'a appelé, un midi, pour me dire que tout était prêt. La missive partirait un vendredi, le 4 mars, trois jours avant mon retour de vacances. J'ai raccroché. J'ai imaginé Nicolas ouvrant le courrier, puis le montrant à Michel. J'ai imaginé Michel ouvrant le courrier, puis le montrant à Nicolas.

Voilà. C'était lancé. Parti. Dans les tuyaux. Dans un sac de La Poste, quelque part. Celui qu'on ne peut pas retrouver pour y récupérer son courrier et le déchirer. J'ai terminé le week-end tétanisé.

Et si je n'y retournais pas, lundi, au 173, rue Saint-Honoré ?

17

Les illusions perdues

J'y suis retourné.

Ce lundi 7 mars, lorsque j'ai franchi la porte du deuxième étage, j'ai directement regardé vers les siamois Gaillard et Brimo, ils m'ont fixé ensemble et... et... non, je ne vous décrirai pas la trombine qu'ils arboraient. Mais j'aurais quand même dû la photographier. Pour la postérité. Ou pour l'envoyer à New York, à Martin Scorsese !

Moi-même, soyons honnêtes, je n'en menais pas large. Aucune fanfaronnade, je saluais les copains de la rédaction hésitant, je rasais presque les murs pour glisser vers la machine à café, détenteur d'un inimaginable secret, celui d'avoir écrit à nos « vieux » qu'ils étaient susceptibles d'avoir « commis une infraction pénale », liée à une certaine « Mme Edith Vandendaele », et de les avoir « convoqués » chez des avocats, pour les cuisiner sur des soupçons d'emploi fictif. Rien que d'y repenser, j'ai des convulsions.

Lorsque la réunion a démarré, à 9 heures pétantes, j'étais groggy, étonné de n'avoir pas encore subi la totalité des scenarii que j'avais imaginés. Me faire alpaguer dès mon arrivée par le « Monsieur Informatique et Sécurité » du journal, Eric, avec ses biscottos et son look de para, m'ordonnant de lui remettre mon trousseau de clés, mon ordinateur et de déguerpir. Me retrouver coincé par Gaillard et Brimo, dans l'ascenseur, me demandant si je disposais d'une bonne assurance vie. Découvrir à mon tour, dans mon casier, une belle lettre de convocation pour un entretien préalable avant licenciement.

Une avocate en droit social, Joyce Ktorza, que j'avais connue dans mes enquêtes de journaliste médias et consultée quelques jours auparavant, par excès de prudence, en plus des deux pénalistes qui m'accompagnaient, avait prédit :

« Qu'est-ce que tu veux qu'ils fassent ? Tu es responsable syndical, tu auras le statut de lanceur d'alerte et tu as découvert une énormité qui peut leur péter à tout moment à la figure. »

Elle avait raison. Je n'ai pas subi d'intimidations. Ni été viré sur-le-champ. *Le Canard* est une bonne maison.

Pierre-Olivier Lambert, de son côté, m'avait mis en garde tôt dans la matinée :

« Surtout, tu restes calme, tu ne dis rien, tu ne réponds à aucune provocation. »

J'ai été très sage, en effet, lors de cette conférence

de rédaction, guettant la déclaration guerrière, la rafale meurtrière. Mais il n'y a pas eu, en face, la moindre réaction, la plus petite provocation. Il n'y a eu, ce jour-là, qu'une réunion au temps suspendu, une quinzaine de camarades qui présentaient à tour de rôle leur banal sujet de la semaine, rigolant à l'occasion, ignorant tout du drame qui se jouait, entre les regards fuyants que nous nous lancions à trois, Michel, Nicolas et moi. Mes chefs étaient comme je ne les avais encore jamais vus, silencieux, hagards, anxieux. Soudainement, dans leurs yeux, j'endossais le rôle du méchant, du torpilleur du *Canard*, du démolisseur de monument historique. Je pouvais déjà prédire leur future défense d'autocrate, leur contre-attaque pour disqualifier l'adversaire : Nobili est un aigri, il veut le pouvoir, il a pété les plombs.

Après la réunion, j'ai rappelé « Pol » pour lui raconter ma stupeur : ma direction était restée de marbre.

« Mais de notre côté, ça a bougé », m'a-t-il appris.

Mon avocat avait été contacté par un confrère. Gaillard et Brimo avaient accepté notre demande de rendez-vous. Ahurissant ! Je m'attendais à une colossale mandale, j'étais aimablement convié, le vendredi d'après, au cabinet de leur avocat.

Le petit jour venu, au sommet d'un immeuble du VIIIe arrondissement, ma pomme, « Pol » et Maria frappions à la porte d'un dénommé Maître

Jean-Pierre Spitzer. J'étais impatient de connaître ce conseil que les deux patrons du *Canard* avaient choisi. Bon, d'accord, je ne m'attendais pas à croiser Iggy Pop. Mais tout de même. Le Jean-Pierre en question, un vestige du mitterrandisme, était du genre septuagénaire maniéré, avec une faconde de marquis versaillais, des cheveux coiffés en vaguelette sur l'avant et un foulard replié dans le col de la chemise. Il nous a accompagnés dans sa salle de réunion, Gaillard nous attendait et s'est précipité vers nous, roulant un peu des mécaniques, en lâchant sur le ton de la plaisanterie préparée :

« Bon, on se serre la main ? »

Brimo était livide, la mâchoire serrée. Nous nous sommes assis, Spitzer avait préparé une petite fiche annotée devant lui. Il a fait un numéro sur « l'honneur de recevoir en son cabinet comme le veut la tradition », vu qu'il était le plus âgé des trois avocats, puis il a attaqué sa plaidoirie sur un ton badin :

« Alors, chers confrères, que se passe-t-il ? Quel est le problème ? Dites-nous tout. »

D'autorité, j'ai pris la parole, exposé la situation, décrit la totalité de ce que j'avais découvert sur Edith, ses salaires, ses cartes de presse, ses années d'ancienneté, sa retraite… Je m'efforçais de paraître assuré, voire fringant, de dérouler mes chiffres et mon enquête comme dans nos réunions de rédaction, alors que j'étais mortifié. Le plus étrange est que, tout en pérorant, je continuais à me questionner sur la folie dans laquelle je m'étais embarqué, obstiné depuis des mois, malgré mes hésitations et mes trouilles. Ce cheminement, je pouvais en être un peu fier, après tout, il était juste. Mais il m'avait emmené jusqu'à cet impensable face-à-face. Ce moment de vérité. Puis la tempête qui allait inévitablement se lever dans les prochaines semaines.

Nicolas et Michel ne contestaient rien, ne disaient pas un mot, Spitzer a fini par me couper :

« Et alors, quel est le problème ? M. Escaro s'est mis à la retraite en 1996, il a continué à faire ses cabochons pour la page 2 du *Canard* pendant vingt-cinq ans et c'est madame qui a été payée à sa place. Ça arrive, ce genre de choses. Quel est le problème ? »

« Pol » a souri :

« Le problème, c'est que ça s'appelle un délit. »

Une bataille d'avocats s'est engagée entre l'ancien, qui osait invoquer la possibilité d'une portabilité dans le travail entre concubins, et les modernes, qui lui demandaient depuis « combien de temps il n'avait pas mis à jour ses jurisprudences ». Le ton montait.

Michel a confirmé leur première ligne de défense : pour conserver les cabochons du futur retraité Escaro, Nicolas et lui avaient mis en place, à la demande expresse du dessinateur, un système de rémunération de sa compagne, comme salariée du journal. Pour une raison qui m'échappait grandement, ils avaient accepté cette folle combine, alors qu'ils auraient très bien pu, comme cela était courant à l'époque, exiger de leur jeune pote retraité qu'il crée sa société, puis facture ses dessins au *Canard*. Cela aurait été net et sans bavure. Et moins coûteux.

Mais le plus intrigant, pour moi, a été ce moment où j'ai demandé pourquoi, à partir de 2008, ils n'avaient pas profité d'une réforme de Sarkozy qu'ils adorent, à savoir la légalisation du cumul emploi-retraite.

« Vous auriez ainsi stoppé votre système, ai-je insisté, en payant directement Escaro. »

Michel m'a répondu du tac au tac quelques mots que je ne suis pas près d'oublier :

« Escaro n'a pas voulu ! »

Et alors ? Qu'est-ce qui pouvait, douze ans après sa mise à la retraite, empêcher Michel et Nicolas d'envoyer paître leur illustrateur et de régulariser la situation ? L'amitié ? La peur qu'il rende public leur arrangement ? Un autre cadavre planqué dans un autre placard ? J'avais entendu toutes sortes de choses farfelues pendant des années sur les liens d'affaires et les secrets qui unissaient Gaillard, Brimo et Escaro. Le genre de phrases que même des journalistes sérieux peuvent balancer sans preuve, en prenant l'air important : « Ils se tiennent mutuellement… » L'ex-rédacteur en chef Claude

Angeli m'avait aussi confié, un jour, qu'il avait eu des doutes, dans les années 90, sur la manière dont le trio aurait récupéré les dernières actions que détenaient deux vieilles nièces de Maurice Maréchal, le fondateur du *Canard*, afin de les évincer du journal. Aujourd'hui encore, je suis incapable d'expliquer la grande bonté dont a toujours bénéficié André Escaro de la part du tandem Gaillard-Brimo.

Constatant que j'étais moyennement convaincu par leur exposé, mes chefs se sont mis à bâtir une seconde ligne de défense. Encore plus « abracadabrantesque », comme aurait dit Chirac, que la première. Nicolas a expliqué que le pauvre nonagénaire Escaro était « de plus en plus aveugle » et qu'Edith était aussi payée, au fin fond de la Drôme, pour « l'aider à lire les journaux afin qu'il puisse faire ses dessins ».

« Aveugle depuis vingt-cinq ans ? » ai-je demandé, avant d'ajouter : « Et aveugle pour lire les journaux mais pas pour dessiner ? »

Michel a insisté :

« Oui, elle était un peu son assistante. »

Là, j'ai compris que c'était la fin des haricots. Qu'ils étaient en train de me refaire le coup de la revue de presse que « l'assistante » Pénélope Fillon préparait soi-disant chaque jour pour son tendre mari. Je n'en revenais pas. C'était ébouriffant. Jusqu'au bout, j'avais espéré que mes patrons me sortent une martingale, me fassent un tour de magie. Dans les enquêtes de journaliste, parfois, même lorsque l'on est sûr de son coup, que l'on a une montagne de documents, que tout a été vérifié, il y a des champions qui parviennent à vous sortir la défense qui tue, le document à la con ou le règlement que vous n'aviez pas vu et qui ruine des mois d'investigations. Mais là, non. Rien, macache, walou. Michel et Nicolas en étaient réduits à parodier François Fillon ! Ils avaient bien employé ce mot : « as-sis-tan-te ».

J'ai vu le moment où j'allais leur balancer :

« Vous voulez dire assistante parlementaire ? »

Je me suis abstenu. Mais j'ai eu l'outrecuidance de rappeler les folles aventures de Pénélope, sur lesquelles nous avions tant écrit et ri ensemble.

« Je te remercie de nous comparer à Fillon ! » a grogné Gaillard.

Puis la confrontation a pris un tournant encore plus inattendu, celui des grosses farces dont on rit volontiers dans *Le Canard*. Michel a entonné le refrain des politiques que nous épinglons régulièrement dans le journal :

« Il n'y a pas eu utilisation d'argent public. »

Au passage, ça n'est pas tout à fait exact. Edith touche une partie de sa retraite de la Sécu. Et avec sa carte de presse, elle peut réclamer l'abattement fiscal des journalistes, à savoir déduire, chaque année, 7 650 euros de ses revenus déclarés aux impôts. Je me suis également permis de rappeler que l'emploi fictif de Pénélope à la *Revue des Deux Mondes* que nous avions découvert en 2017 n'était pas une affaire d'« argent public », ce qui ne nous avait pas empêchés d'écrire des tartines dessus. J'ai bien cru qu'ils allaient finir par me faire le coup préféré des communicants de crise : « Il n'y a pas eu d'enrichissement personnel. » Ils n'ont pas été jusque-là. Fatigué de mes questions, Michel a lâché :

« Bon, qu'est-ce que tu veux qu'on fasse, maintenant ?

— Je ne sais pas. Vous avez le choix entre plusieurs options, celles qui se sont offertes à tous ceux sur qui nous avons écrit dans *Le Canard.* Il y en a qui ont reconnu les faits et se sont retirés. D'autres qui ont fui, sont partis se planquer en République dominicaine. Certains se sont excusés. D'autres, encore, ont remboursé. Et puis il y a ceux qui ont fait comme Fillon, qui ont nié, menti, crié au complot et se sont accrochés. »

Je venais de franchir la ligne rouge. Je ne le savais pas encore, mais c'est cette dernière option qu'ils allaient choisir…

Michel a explosé :

« Tu nous accuses de quoi, au juste, d'avoir tapé dans la caisse ?

— Une histoire comme celle-là, on en aurait fait des pages entières si elle s'était déroulée ailleurs et on se serait bien marrés ensemble.

— Eh bien vas-y, écris-la ton histoire, on t'attaquera en diffamation !

— Si vous essayez de faire croire qu'Edith a travaillé, vous n'allez pas tenir longtemps. Avec les charges, il y en a pour 3 millions d'euros !

— Mais c'était pour garder les cabochons ! »

Pendant que je m'écharpais avec Gaillard, sur ma droite, « Pol » et Maria s'étripaient avec Brimo, qui a laissé échapper ce terrible aveu :

« Mais allez-y, attaquez au tribunal ! De toute façon, vous ne pourrez pas remonter au-delà de cinq ans avec la prescription. »

Les mains de Nicolas tremblaient, les miennes commençaient à vibrer aussi, j'ai senti des sanglots monter :

« Vous vous rendez compte que vous lui avez même donné la retraite chapeau, à Edith ! Et comment vous payez Escaro depuis que vous avez mis Edith à la retraite ? »

Là, j'ai vu le boxeur KO, séché par l'uppercut. Nicolas m'a regardé, il n'a pas répondu, il y a eu un long silence, il avait les yeux dans le vague. Ils le reconnaîtront bien plus tard mais, ultime gag, l'oisive Edith a continué à s'embourber une pige après sa retraite grâce au système de… cumul emploi-retraite. Ce n'est pas un bon, mais un excellentissime article que cela aurait pu faire dans *Le Canard* !

« Ce n'est pas possible, dis-moi que ça n'est pas vrai, j'ai honte, ai-je répété.

— Et nous, tu crois qu'on n'a pas honte de ce que tu fais, a tranché Michel, avant que Nicolas ne redevienne plus prosaïque :

— Bon, et maintenant, on fait quoi ? Qu'est-ce que tu veux ? »

Comme si je voulais du pognon, un gros chèque, ou une promotion, tiens, à l'issue d'un beau chantage, bien digne d'un journaliste.

« Mais je ne veux rien. Je voulais juste vous entendre et pour tout dire, j'en ai assez entendu », ai-je conclu la voix chancelante.

« Pol » et Maria m'ont fixé, j'ai cru que j'allais faire un malaise, je me suis levé brusquement pour mettre mon sac à dos sur l'épaule. Tout le monde m'a suivi, Michel a conclu comme à l'arrivée :

« On se serre quand même la main ? »

En prenant la mienne, sur le palier, son avocat a eu l'air surpris de m'entendre dire :

« À bientôt. »

La porte s'est refermée, dans l'étroit l'ascenseur, j'ai dit aux miens :

« On porte plainte.

— Oui, là, je crois que c'est difficile de faire autrement », m'a confirmé « Pol ».

Nous avons pris un long café à trois, au bistrot du coin, encore stupéfaits par ce que nous venions de vivre avec les grands manitous du « journal qui fait trembler la République ». J'ai enfourché mon scooter, traversé tout Paris pour rentrer chez moi, sans rien voir sur mon trajet, incapable de me concentrer sur ma conduite. J'ai failli abandonner mon cheval, prendre le métro, j'avais la trouille d'avoir un accident.

Je me suis revu deux ans auparavant, au début de l'histoire, imprégné par le poison du soupçon, à la photocopieuse du journal, j'ai repensé à mes séances avec Watergate, mes nuits blanches, mes échanges avec Claude Angeli, mes larmes parfois et, maintenant, cette folle confrontation avec mes patrons. Terminé le dilemme ! Oui, j'allais porter plainte. Sur mon scooter, je me souviens m'être arrêté à un feu rouge et avoir ri jaune en regardant la façade d'un cinoche. À l'affiche, il y avait le film de Xavier Giannoli, adapté de Balzac : *Illusions perdues*…

18

La plainte

En pénétrant dans mon appartement, j'ai jeté mon casque de scooter sur le canapé, ouvert la commode où dorment mes vieux disques, glissé l'album *Loaded* de Velvet Underground dans le lecteur CD, monté le son et foncé dans la cuisine, vers ma bouteille de rhum La Favorite rouge, disposée à côté d'un bol de citrons verts. J'ai séché trois ti'punchs, le temps d'écouter Lou Reed chanter « Who loves the Sun », « Rock & Roll » et « Lonesome cowboy Bill », je sautais partout dans la cuisine, j'avais besoin d'expulser, d'évacuer la tension. J'ai renversé du rhum partout. J'ai failli glisser. Terminer la binette sur le carrelage…

Samedi matin. Encore assommé par mes ti'punchs de la veille, et après une nuit qu'il est inutile de décrire, j'avais un rendez-vous sans importance au café Le petit cardinal, dans le Ve arrondissement. Une jeune fille est entrée, *Le Canard* sous le bras, elle s'est assise au comptoir, juste à côté de moi, elle a planté son nez dans son café et dans le journal, avec une curieuse façon de le lire. Elle le pliait, le retournait et commençait par le bas de la page 8, la dernière page, en la remontant, avant de s'attaquer au bas de la page 7, puis d'escalader jusqu'à la « Prise de bec » d'Anne-Sophie Mercier. Incroyable, la fille lisait le journal à l'envers ! Une adepte, une vraie, une dingue. Jeune, en plus ! J'ai phosphoré. Depuis combien de temps le lit-elle, mon *Canard* ? Et pourquoi à l'envers ? Parce qu'à l'endroit, c'est-à-dire de l'article le plus en vue à celui qui ne l'est pas, elle n'y trouve plus son compte ? Parce que les pages 1 à 4, les plus brûlantes, le sont de moins en moins ? Et si elle savait ? Qu'est-ce qu'elle penserait, si elle savait que, la veille, le type assis à côté d'elle était allé dire aux patrons de son journal préféré qu'elle lit à l'envers ce qu'il avait osé leur dire ? Pourrait-elle accepter un seul instant que ce qui se voit à l'extérieur ne soit pas le reflet de ce qui se passe à l'intérieur ? Que dira-t-elle, le jour où elle apprendra l'histoire d'Edith ? Que trois mecs ont dérapé et que celui assis à côté d'elle a bien fait de les dénoncer ? Ou que c'est une ordure ? Un félon ? Un zozo qui raconte des salades ? Elle raisonne à l'envers, tout est possible. Je pourrais lui demander, l'interpeller en rigolant : « Ah, vous lisez *Le Canard*, j'y travaille justement. » Riche idée ! Et j'ajouterais quoi ? « Tiens, vous tombez bien, ma petite demoiselle, je sors d'un rendez-vous avec mes chefs et trois avocats parce qu'ils ont payé une copine qui n'a pas bossé pendant vingt-cinq ans, vous savez, un peu comme Pénélope. C'est drôle non ? » Magnifique ! Allez Nobili, sors de ce bistrot, remonte sur ton scooter et rentre chez toi. Lundi, tu as une réunion au *Canard*. Tu vas encore passer pour le salopard de service. Chouette ! Mais la demoiselle, ça, elle ne le sait pas.

Le 21 mars, le repas du lundi a été singulier. Nous étions sept à table et j'étais face à notre ex-Mao devenu sarkozyste, Hervé Martin, lancé, comme d'habitude, tel un moulin à paroles. Il était en train de contrarier notre rédac-chef Jean-François Julliard, il adorait ça. Le sujet du jour : l'embauche au *Canard* de gamines à peine sorties de l'école de journalisme. Le débat était explosif, pendant que le pâté de tête et les côtes de cochon (avec frites) arrivaient sur la table. Julliard, recueilli minot au palmipède, défendait l'idée que l'on peut y entrer jeune et bon. Martin, embauché à un âge mûr après avoir roulé sa bosse à l'AFP, martelait le contraire sans écouter les arguments adverses.

« *Le Canard* est un journal où l'on rentre avec de l'expérience et un carnet d'adresses, embaucher une gamine de 20 ans, ça n'a aucun sens !

— On peut faire les deux à la fois », temporisait Julliard, centriste.

Immanquablement, lorsqu'il s'agit de jeunots, le sujet dévie sur moi, âgé de 51 piges tout de même.

« Moi, je suis arrivé à 34 ans. Mais je pigeais depuis 1996, depuis mes 25 ans, j'avais un peu de bouteille.

— Eh ben voilà ! » répétait Martin, fier de sa démonstration.

Je ne sais pas comment, mais nous en sommes arrivés à parler des enfants Fillon et de l'affaire Pénélope. Naturellement, Hervé Martin nous a ressorti son couplet sur la justice gauchiste qui avait mené une enquête express pour tuer le candidat de la droite à la présidentielle, mal intentionnée comme nos sources d'ailleurs. Furibard, j'ai dû justifier une nouvelle fois du bien-fondé et du déroulement de notre enquête : la déclaration d'intérêts de Fillon, la mention « collaborateur – *Revue des Deux Mondes* », les premiers coups de téléphone d'Isabelle Barré, le mystérieux contact (mon Watergate), etc.

« Mais les découvertes sur l'assistante parlementaire, c'était avant la *Revue des Deux Mondes* ? a continué à provoquer Martin, en quête du complot.

— Mais, non, c'était l'inverse ! a crié le groupe.

— Ah oui, pardon, c'est vrai. Et elle touchait même plus que les vrais assistants parlementaires qui bossaient pour Fillon ! »

La joyeuse troupe se bidonnait. À ce moment-là, la pensée d'Edith est venue tout anéantir. Ruiner ma joie de plein fouet. Je n'avais plus qu'elle en tête, je regardais les copains se marrer sur Pénélope, mais je ne les écoutais plus. J'étais ailleurs, avec mes cachotteries, avec la dame d'Escaro, avec Gaillard et Brimo dans ce cabinet d'avocats où nous nous étions écharpés quinze jours plus tôt.

« Ah, la Pénélope, c'est vrai qu'elle bossait dur. Elle lisait les journaux pour Fillon, elle lui faisait ses revues de presse », a encore ironisé l'un d'entre nous.

Damned ! Elle lui lisait les journaux. C'est aussi ce que Michel et Nicolas m'avaient balancé chez leur avocat. Le même argument bidon que celui de Fillon, dont les camarades se moquaient en ce moment même, ignorant tout d'Edith. Comment fera-t-on lorsqu'ils sauront ? Comprendront-ils mon silence ? Accepteront-ils mon dépôt de plainte ? Riront-ils de l'argumentaire burlesque de la direction ? Ou bien me condamneront-ils pour avoir osé l'ouvrir ? Me lâcheront-ils en rase campagne, seront-ils des pleutres ou des courageux ? Lorsque ce jour viendra, une chose est certaine et regrettable : ils auront oublié ce long déjeuner du 21 mars 2022, passé à ricaner, comme des gosses, de celle qui lisait les journaux pour son mari…

Dans les jours qui ont suivi, j'ai ressassé ce repas où je n'avais rien pu leur dire. Impossible, à ce stade, de lâcher la bombe Edith. Et puis je devais tenir mes engagements, en tant que futur lanceur d'alerte. Mes avocats m'avaient suffisamment mis en garde. Pour invoquer ce statut protecteur face à une menace de licenciement, il faut respecter un minimum de confidentialité pendant quelques mois. Au moins trois, durant lesquels pas question de laisser fuiter son histoire dans les médias. Sinon, le lanceur d'alerte peut se voir reprocher de l'utiliser pour monnayer un avantage ou déstabiliser l'entreprise.

J'ai songé aussi à toutes ces nuits passées à réfléchir à mes bonnes, mes meilleures raisons de porter plainte. Ne pas masquer chez nous ce que nous démasquons chez les autres. Rester ferme sur les valeurs, on ne peut pas donner des leçons à la terre entière et faire le contraire. Être cohérent et un peu journaliste, tout simplement.

Si je ne faisais rien, je redoutais également que dans cinq ans, dans dix ans, un type vienne me taper sur l'épaule pour me dire :

« Alors, monsieur du *Canard*, vous avez étrillé Pénélope Fillon, mais vous avez fermé votre gueule lorsque vous avez découvert Edith Escaro ! »

Je craignais aussi qu'un autre journal sorte cette affaire. Ne valait-il pas mieux que cela vienne de l'intérieur du *Canard*, de journalistes qui prendraient leurs distances avec leur direction, plutôt que le scandale éclate à l'extérieur, nous mettant tous dans le même sac, contraints de faire corps derrière nos chefs et leurs traficotages ? J'étais, de toute façon, allé trop loin pour reculer. Ne pas porter plainte, c'était dépérir. Et peut-être me faire démolir un de ces quat', l'air de rien, par mes chefs, dans un coin de la rédaction, sans que personne ne comprenne pourquoi. Ou pire encore : donner l'impression à ces patrons de les faire chanter, de les tenir en permanence par les roubignoles.

Deux soirs de suite, pendant que toute la maison dormait, je me suis assis à la table du salon. Comme le condamné rédige sa dernière lettre, j'ai écrit une bafouille à Laure Beccuau, la procureure de Paris. Le 25 mars, vers 2 heures du matin, elle était terminée.

Paris, le 25 mars 2022,

Madame la Procureure de Paris,

Vous allez rire. Il y a une Pénélope au Canard Enchaîné *!*

En 2017, avec deux de mes petits camarades du palmipède, j'ai révélé l'affaire Fillon. Eh bien, figurez-vous que, cinq ans plus tard, je viens de découvrir, avec une sidération que j'ai quotidiennement du mal à dissimuler, une plaisanterie du même ordre dans mon propre journal.

Notre Pénélope à nous s'appelle Edith Vandendaele. Elle a 74 ans. Elle est la compagne d'André Escaro, âgé de 93 piges, mais toujours membre du conseil d'administration du Canard. *Tous deux coulent une paisible retraite dans leur propriété de la Drôme provençale, à Nyons, à 670 kilomètres de Paris. André, bien qu'il continue à fournir de petits dessins pour la page 2 du* Canard, *appelés « cabochons », n'a plus mis un pied dans nos locaux depuis 1996, année de sa retraite. Edith, elle, n'a jamais posé un escarpin au journal. Sa seule activité connue consiste, chaque lundi, au moment du bouclage, à envoyer depuis la Drôme les « cabochons » de son compagnon. Mais, bizarrement, elle a bénéficié d'un traitement exceptionnel, et bien caché, de la part de notre généreuse maison.*

Pendant vingt-cinq ans, de 1996 à 2020, Edith a été rémunérée par notre journal. Elle a même été déclarée comme « journaliste », titulaire d'une carte de presse au nom du Canard Enchaîné *! Les premières années, comme « secrétaire de rédaction ». Puis, à partir de 1999, comme « rédactrice ». Tout cela en accomplissant la prouesse de ne jamais avoir été aperçue dans nos bureaux. De ne jamais avoir signé le moindre article dans nos pages. De ne jamais y avoir écrit la moindre ligne. Et, bien évidemment, de n'avoir jamais dessiné quoi que ce soit. Bref, de n'avoir jamais travaillé pour notre* Canard.

Edith a pourtant été chaudement récompensée pour cette oisiveté. Elle a émargé, au fil du temps, entre 4 000 et 6 000 euros par mois… À titre d'exemple – je vous épargne les années en francs –, elle a touché 53 916 euros en 2002, 54 631 euros en 2003, 55 601 euros en 2004, 57 020 euros en 2005, 58 477 euros en 2006 et 60 276 euros en 2007. Autre période : le journal lui a versé 66 643 euros en 2012, 67 893 euros en 2014, 68 548 euros en 2015,

69 806 en 2016, etc. Elle a terminé sa « grande » carrière à plus de 70 000 euros par an.

Vous noterez, Madame la Procureure, une curiosité : notre invisible consœur était augmentée chaque année. Sûrement pour ses performances. Mais il y a plus cocasse : chaque mois de décembre, elle touchait, pour ses bons et inexistants services, des primes de fin d'année.

L'histoire ne s'arrête pas là. Au début de l'année 2020, la besogneuse Edith a été mise à la retraite, amplement méritée, par Le Canard. *Elle s'est alors embourbé une copieuse prime de départ, en plus de ses salaires, portant les émoluments de sa cuvée 2019 à plus de 120 000 euros !*

Le bilan des courses ? En vingt-cinq années d'absence, notre Pénélope de la Drôme a reçu, de la part du Canard, *la bagatelle de 1,5 million d'euros et des poussières. Ce qui a coûté, avec les charges et le reste, près de 3 millions d'euros à l'entreprise. Je crains, mais c'est le seul élément dont je n'ai pas la preuve, que* Le Canard *ait poussé la folie jusqu'à lui verser de l'intéressement et de la participation… Au diable, l'avarice !*

La suite n'est qu'un conte de fées. Aujourd'hui, la Drômoise Edith perçoit une retraite de base de 4 080 euros par mois. Auxquels s'ajoute, tenez-vous bien, la retraite chapeau du Canard. *Celle que le journal a souscrite auprès de la Sogécap, une filiale de la Société générale, pour ses masses laborieuses. Edith en bénéficie aussi, ce qui permet à sa pension de dépasser allègrement les 5 000 euros mensuels. Pour quelqu'un qui n'a jamais bossé, l'exploit force le respect !*

Pendant plus de deux décennies, la direction et la comptabilité du Canard *ont donc établi chaque mois des bulletins de salaire bidon, rempli chaque année de fausses déclarations auprès de la commission de la carte de presse, et monté enfin un dossier fantoche de retraite, pour une journaliste qui ne l'a jamais été. Nos dirigeants, exemplaires, ont même continué cet incroyable manège après 2017 et nos révélations sur l'affaire Fillon.*

Pour se boyauter un peu plus, il faut pousser les recherches jusqu'au registre du commerce. Madame Edith Vandendaele y est répertoriée, dans sa Drôme provençale, comme gérante d'une entreprise agricole de… « Culture de fruits à pépins et à noyau ». Encore une Pénélope qui sait faire de bonnes tartes, pendant que son homme entretient le château. Car André Escaro est également l'heureux propriétaire du château de La Ventrouze, en Normandie. Un domaine qui, comme celui de François Fillon, lui coûte fort cher…

Inutile de le préciser : aucun employé du Canard *ne s'amusera, comme certains aventuriers l'ont fait dans l'affaire Fillon, à prétendre qu'Edith a travaillé pour notre journal. Certains, en revanche, m'ont avoué avoir eu connaissance de ses fausses cartes de presse, de ses drôles de bulletins de salaire. Mais ils se sont tus. Par peur. Par stupeur. Parce qu'ils en ignoraient la véritable ampleur.*

Lorsqu'André Escaro est parti à la retraite, en 1996, il a tout bonnement négocié, avec nos actuels dirigeants, ce système à la Pénélope, afin que l'avenir de sa compagne, de 20 ans sa cadette, soit assuré. En échange, il a juste continué à fournir ses « cabochons » hebdomadaires… Vingt-cinq ans plus tard, le couple se retrouve nanti de deux belles retraites. Il s'est copieusement enrichi. On dit merci qui ?

Au moment où je vous écris, mon enquête, que je croyais bouclée, me ramène les dernières nouvelles. Entre 1981 et 1996, alors qu'Escaro était encore salarié du journal et qu'il le gérait en tant qu'administrateur délégué, sa Edith était déjà déclarée, à la commission de la carte de presse, comme journaliste du Canard, *avec un salaire fixe équivalent à 3 000 euros par mois. Elle aurait donc, en réalité, non pas vingt-cinq ans de services imaginaires au palmipède, mais près de quarante ans. N'en jetez plus !*

À ce stade, Madame la Procureure, vous vous dites que cette folle histoire ferait un excellent article dans les pages du Canard Enchaîné. *J'ai songé à la même chose que vous. Mais, allez savoir pourquoi, j'ai renoncé à le proposer à mes patrons, Michel Gaillard et Nicolas Brimo. Le premier a été directeur du* Canard *de 1992 à 2017. Il en est toujours le pédégé. Le second est l'actuel directeur. Il est aussi l'administrateur délégué du journal, qui a pris la succession d'un certain Escaro André en 1996. Ces trois-là sont toujours les principaux actionnaires du journal. Ils sont les meilleurs amis du monde.*

Vu la situation, j'ai préféré m'en remettre au sort. J'ai pris deux morceaux de papier. Sur le premier, j'ai écrit : « Je suis journaliste au Canard Enchaîné, *je dénonce les Pénélope des autres, mais je ne vais quand même pas dénoncer celle de mon journal. » Sur le second, j'ai inscrit : « Bien évidemment que je dépose plainte. » J'ai ensuite plié en quatre ces deux bouts de papier, je les ai mis dans un chapeau, j'ai secoué le tout, puis j'y ai plongé ma main innocente…*

Madame la Procureure, vous l'aurez compris, c'est le deuxième papier qui est sorti. Je vous confie donc la Pénélope du Canard Enchaîné. *Je ne doute pas que vous en ferez l'usage qu'il convient. Il va sans dire que mes camarades de la rédaction du* Canard *n'ont jamais trempé dans cette pantalonnade. Ils sont irréprochables. La rédaction, c'est la rédaction ; mais la direction, c'est la direction !*

Quand je vous disais, Madame, que vous alliez rire.

Bien cordialement.

Christophe NOBILI

(Journaliste rémunéré lui aussi depuis 1996 par Le Canard, *mais pour travailler)*

En se levant, le lendemain, ma femme a demandé à lire ma prose. J'ai fait mine d'hésiter, je la lui ai mise sous le nez. À la fin de sa lecture, elle a levé la tête, elle avait les yeux mouillés :

« Elle est super ta lettre, elle est drôle. Mais que c'est triste… »

19

Palais-Royal

C'est à sa bienveillance que l'on reconnaît son avocat. Après avoir lu ma lettre à la procureure de Paris, Pierre-Olivier Lambert m'a envoyé un fort gentil message de soutien psychologique. Une semaine plus tard, dans son cabinet, il m'expliquait :

« Vraiment extra ta lettre à la proc. Mais, tu sais, les magistrats, ce ne sont pas toujours des rigolos. Il faut rédiger une plainte plus carrée. Mais on y mettra ton courrier en tête des documents joints. »

En bon pénaliste – qui a finalement relégué ma prose en quinzième position des pièces jointes dans la plainte –, « Pol » a précisé, amusé :

« En tant que lanceur d'alerte, avant de déposer plainte, il est préférable de laisser quelques semaines à ta direction pour réagir, prendre des mesures, comme ouvrir une enquête interne par exemple. »

La bonne blague. Je les imaginais d'ici, Michel Gaillard et Nicolas Brimo, déclencher une « enquête interne » au *Canard*, histoire d'apporter des éclaircissements sur les agissements de Gaillard Michel et Brimo Nicolas. « Pol » en riait de bon cœur et, après mûre réflexion, j'ai avancé moi-même deux objections à un dépôt de plainte précipité. L'élection présidentielle ne s'achevait qu'un mois plus tard, le 27 avril. Je craignais qu'en pleine campagne, une indiscrétion dans la presse sur un emploi bidon au *Canard Enchaîné* fasse le miel des fachos de tout poil, zemmouristes et lepénistes confondus. Ils étaient particulièrement vigoureux pour la cuvée 2022, se seraient fait une joie de plumer notre volatile à la va-vite et de faire encore du mal à ce qu'il reste de notre démocratie. Mais je ne voulais pas non plus que ma plainte soit déposée après le 11 mai ! Ce grand jour était celui que nous avions négocié pour la tenue des premières élections du personnel de l'histoire du *Canard* et, accessoirement, la création inédite d'un comité d'entreprise, désormais baptisé comité social et économique (CSE). Imaginons un instant que le candidat au poste de délégué syndical que j'étais se ramasse une pelle dans les urnes, la direction aurait cancané aussi sec en expliquant que mon dépôt de plainte n'était qu'une basse vengeance de perdant. Avec Maria et « Pol », nous sommes donc tombés d'accord pour dégainer entre le 28 avril et le 10 mai.

L'attente de cette douloureuse période n'a pas été une partie de plaisir. Pendant que mes avocats suaient sur la rédaction de ma plainte « plus carrée », les affaires syndicales reprenaient au palmipède et remplissaient nos journées. Avec les copains de la section SNJ-CGT (désormais riche d'une vingtaine d'adhérents, soit plus de la moitié de la rédaction), nous nous efforcions de faire admettre à nos patrons de gauche, qui ne voulaient rien entendre, que *Le Canard* disposait d'un effectif supérieur à cinquante personnes. À ce titre, nous exigions un CSE digne de ce nom, avec des moyens et un vrai regard sur la gestion financière et éditoriale de la maison. La bataille, plus homérique qu'un marchandage de babouches dans le souk de Marrakech, a fini par faire sortir Emmanuel Vire de ses gonds. Lors d'une de nos réunions à répétition, le secrétaire national du SNJ-CGT s'est écrié :

« Vous êtes hors la loi depuis des années ! C'est toujours pareil, c'est dans les journaux de gauche que c'est le plus compliqué d'organiser des élections du personnel. »

Rien n'y a fait. Dans les couloirs, Brimo continuait à pester contre l'émergence d'un syndicat au *Canard* :

« De toute façon, ce journal va crever ! »

Arc-bouté, notre dirlo a commencé à planquer une dizaine de salariés en cumul emploi-retraite dans la colonne « pigistes », entretenu une savante opacité sur les collaborations extérieures puis recruté une féroce avocate en droit social pour l'assister. À l'arrivée, il nous a présenté, sans trembler, ce décompte hilarant : 2 employés, 22,42 journalistes, 7,8 cadres, 0,5 « homme de ménage » (il était à mi-temps) et 16,73 pigistes, soit… 49,45 salariés au total. Juste en dessous de la barre des 50. Magique ! Le plus farce : pour arriver au drôle de chiffre de 16,73 pigistes en « équivalents temps plein » (ETP) alors que *Le Canard* emploie 150 collaborateurs extérieurs, Brimo a brandi un calcul savant, la masse salariale des pigistes divisée par le salaire moyen des journalistes du *Canard* en CDI. Sauf qu'il n'a jamais voulu nous donner les deux chiffres permettant de procéder à la division en question. Réjouie, son avocate m'a demandé :

« Mais, vous n'avez pas confiance dans le résultat final que vous donne votre patron ?

— Oh, bien sûr que si, mais bizarrement, lorsque je lui ai demandé comment il y était arrivé, il m'a répondu : "Si tu n'es pas d'accord, t'as qu'à saisir le tribunal !" »

En réalité, ce décompte cachait un problème inavouable. Il était à craindre qu'avec les droits offerts à un CSE de 50 personnes, je me paie le luxe de faire appel à un cabinet comptable extérieur pour lancer un audit financier du *Canard*. Sa copine Edith et ses émoluments seraient remontés à la surface. Ce qu'il fallait éviter.

Peine perdue. Le 10 mai, veille du scrutin, « Pol » déposait au parquet de Paris, comme nous l'avions prévu, les vingt-cinq pages de ma plainte contre X.

En bonne et due forme. Et en tant que salarié et actionnaire du *Canard* (je possède royalement trente-cinq parts du journal sur mille), pour « abus de biens sociaux, recel d'abus de biens sociaux, fraude à la carte de presse, déclaration mensongère à un organisme public et faux ». Je me souviens du choc que j'ai ressenti lorsque le message de mon avocat a fait vibrer mon téléphone :

« Plainte déposée, pas de retour en arrière possible. »

Le lendemain, donc, se tenaient les élections du CSE. Notre vaillante section, ma pomme en tête, seule liste en lice comme dans une république bananière, a décroché le score soviétique de 88 %, avec une participation de 73 %. Nous avions cinq élus et Brimo, les boules. Beau joueur, il a maugréé :

« C'est sûr, c'est facile lorsqu'il n'y a qu'une liste !

— Personne ne t'empêchait d'en monter une en face », ai-je persiflé.

Alors que nous fêtions ce triomphe, au champagne, au premier étage, Gaillard, ivre de rage, m'a agrippé :

« Ça y est, tu vas prendre le pouvoir ? Tu vas voir, comme c'est facile, le pouvoir !

— Non, Michel, c'est délégué syndical que j'ai été élu… »

Dans les jours qui ont suivi, j'ai décidé qu'il était temps de parler franchement de l'affaire Edith à deux ou trois membres de la rédaction, qui ne présentaient aucun risque de fuite. C'est là que j'ai compris que ma croisade pénale serait beaucoup moins glorieuse que ma bataille syndicale.

Au départ d'un déjeuner du lundi, j'ai eu une première conversation, que je qualifie volontiers d'atroce, avec mon vieil ami Jean-Luc Porquet, mon copain des débuts, des soirées d'Avignon, celui qui m'a aidé à entrer au *Canard*. Nous traversions comme d'habitude les jardins du Palais-Royal, lorsque j'ai eu le malheur de lui déballer tout ce que j'avais découvert sur la compagne d'Escaro. Il a attaqué très fort.

« Tu vas détruire l'outil *Canard*, tu vas tout détruire ! Et puis tu joues un double jeu avec le syndicat, tu nous entraînes dans ton truc !

— Non justement, j'ai tout fait pour ne pas vous impliquer. Je fais ça tout seul. Si je le dis à tout le monde, je vous embarque ; si je ne vous dis rien, tu me reproches de jouer un double jeu. Je suis coincé quoi que je fasse alors ?

— Tu peux continuer ton acharnement syndical, harceler la direction, aller de victoires en victoires ! Mais l'histoire Escaro c'est une bombe nucléaire !

— Si je te comprends bien, on ne dit rien sur cette affaire. On est journalistes au *Canard*, mais on ferme nos gueules ! »

Arrivé au resto, je me suis retrouvé assis en face de Jean-Luc. Je n'arrivais pas à le regarder. Deux verres de Visan décapant m'ont aidé à me détendre.

Je croisais parfois ses yeux bleus, on ne s'est quasiment pas parlé, j'ai commencé à ressentir de la colère, finalement, une envie de l'envoyer bouler. Sur le chemin du retour, nous avons traversé à nouveau les jardins du Palais-Royal, il a recommencé :

« Tu vas foutre en l'air le journal. On va retomber sous les 100 000 ventes, on sera foutus ! »

Je me défendais inutilement :

« Tu ne crois pas que l'on peut traverser cette épreuve, que la rédaction peut se dresser contre ses patrons, leur dire de rembourser le pognon qu'ils ont filé à Escaro, merde, mais ce n'est pas possible, c'est ça que je veux entendre moi, pas quelqu'un qui me dit "tu vas détruire *Le Canard* !" »

Porquet me pilonnait :

« Alors, tu as trouvé ce truc et tu vas décider, tout seul, d'appuyer sur le bouton nucléaire. Mais t'es qui, toi, le chevalier blanc ? Le justicier ?

— Tu crois que j'en ai pas passé, des nuits, à me dire que j'allais détruire le journal ? Et puis je me suis dit que non. Je considère que ce sont les dirigeants qui ont dérapé, pas le journal. Pour moi, ils ont trahi les valeurs qu'on défend, ils doivent rendre des comptes. C'est du Fillon, Jean-Luc !

— Faux, c'est pas de l'argent public !

— Jean-Luc, non, pas ça… »

Quel après-midi de chien ! Et ce n'était rien. Une semaine plus tard, j'ai pris ma deuxième douche froide en allant voir Isabelle Barré, une âme forcément compréhensive pensais-je, vu qu'elle avait participé, avec moi, à la folle enquête sur Pénélope. Premier assaut, à la machine à café :

« Il faut que je te parle d'un truc important concernant Escaro.

— Pourquoi à moi ? m'a-t-elle répondu du tac au tac, comme ces témoins apeurés qui préfèrent ne pas savoir.

— Il n'y a pas que toi, j'ai déjà parlé avec Jean-Luc. »

Lequel avait visiblement mis Isabelle au parfum, puisque lors d'un deuxième assaut, dans le métro, elle m'a balancé :

« Je te le dis, le syndicat, c'est oui, mais ton histoire Escaro, c'est non. Tu sais que c'est hyper compliqué de prouver un emploi fictif, je ne te suivrai pas. Et tu vas perdre toute la section syndicale si tu sors cette affaire. »

Je lui ai déroulé les mêmes couplets qu'à Jean-Luc, mais dans le fracas du métro, et parce qu'elle est descendue quelques stations avant moi, je n'ai pas eu le temps de lui vanter tout mon argumentaire sur Edith. Elle a disparu sur le quai. Elle ne m'en a plus reparlé pendant des mois.

Comme pour Jean-Luc, je n'en ai pas voulu à Isabelle. Je les ai compris tous les deux, j'ai su exactement ce qu'ils pouvaient ressentir, pourquoi ils ne voulaient pas entendre parler d'une sale histoire qui pouvait se terminer devant la justice. Il leur faudrait du temps pour accepter, faire le chemin que j'avais mis deux longues années à parcourir. Les adeptes de Fillon eux-mêmes avaient fini par y arriver ! Au début des révélations sur Pénélope, ils nous écrivaient pour nous traiter de salopards de gauchistes qui avions saboté la candidature de leur héros ; quelques mois plus tard, une fois l'affaire passée entre les mains des juges et renvoyée devant un tribunal, ils admettaient s'être trompés sur Fillon et nous félicitaient presque pour notre boulot.

Mais c'est le lundi suivant que j'ai pris la mesure du problème, que je me suis dit que mon journal était peut-être foutu. Il devait être 21 heures passées, je venais de boucler un papier sur la chaîne publique France 24, qui fait transpirer ses pigistes à bas coût en Afrique, dans des contrées en guerre, employés par un sous-traitant lové dans un paradis fiscal.

« Putain, ces patrons de presse, quels enfoirés ! » ai-je grommelé devant deux collègues amusées.

Elles pensaient que je pestais contre notre chefferie. À côté, Hervé Liffran, déjà furieux de mes frasques syndicales et qui ne m'adressait presque plus la parole depuis des semaines, s'est raidi comme une nonne, en m'observant du coin de l'œil. J'ai attendu que nous soyons seuls, me suis tourné vers mon partenaire d'enquête, mon ancien complice de bonnes bouffes, j'ai pris mon souffle :

« Hervé, s'il te plaît, j'ai fini de creuser sur Edith Escaro. Ça fait quand même un joli trou dans la caisse du *Canard.* Je peux te montrer les documents ? »

Il n'a rien dit, il n'a pas relevé tout de suite la tête. Il a réfléchi, hésité, pesé ses mots, cherché la sortie, profité du silence. Puis s'est lancé :

« Ça m'intéresse pas. C'est du passé. À quoi ça sert de remuer le passé ? »

J'ai cru rêver, je suis revenu à la charge :

« Écoute, ça fait plus d'un an que je t'en ai parlé. Y'en a quand même pour 3 millions d'euros. »

Il s'est soudain mis à me baratiner, à m'expliquer que ce qui le passionnait, lui, c'était « l'avenir », la « relance du journal », le « développement du numérique ».

« Le quoi ? Le numérique ? Mais t'as 65 ans ! »

J'ai échappé au pire (« il faut se serrer les coudes », « l'union fait la force », etc.) mais pas au reste. Mon Hervé répétait qu'il ne fallait « pas ressasser et ressasser », tournait comme Zébulon dans la salle de rédaction, en regardant ses chaussures. Non, vraiment, cette histoire d'Edith, c'était juste bon pour « faire du scandale », mettre du « sang sur les murs ».

« Du sang sur les murs ? Tu es sérieux Hervé ?

— Non, mais tu vois ce que je veux dire ? »

J'ai prêché dans le vide, brandi mon refrain sur la cohérence de l'investigateur, entonné un refrain

« non, pas toi Hervé », pas toi le type qui a pourchassé les Tibéri et les Balkany, pas toi le confrère capable de remonter sur quarante ans pour choper le maire qui a pris 10 % sur un marché public de goudron, pas toi l'enquêteur qui nous a sorti un feuilleton sur le compte en Suisse de Raymond Barre, en 2019, alors qu'il était mort depuis douze ans ! Eh bien si. Mon Hervé continuait à débiter toutes les formules d'usage pour éviter la révélation du douloureux secret de famille :

« Tu ne vas faire que détruire la maison, tu cherches quoi ? Tu veux pas porter plainte pendant que tu y es ? Ce serait la plus grosse connerie de ta vie. »

C'était fait depuis deux semaines… Mais mon supplice continuait. J'entendais le même genre de saloperies qu'ont dû supporter les mômes qui, un jour, ont voulu dénoncer le curé qui les tripotait. J'avais l'impression de me retrouver face aux parents qui intiment à leur gosse de la boucler, pour ne pas mettre en danger la paroisse. Mais ce n'est pas la paroisse qu'on détruit, bordel, c'est le curé tripoteur qu'on met hors d'état de nuire ! Je me suis vu telle Camille Kouchner, le matin où il lui a fallu révéler que son estimé beau-papa, Olivier Duhamel, avait abusé de son frangin, tranquillou, l'été, dans la sympathique villa de la *Familia grande* de Sanary-sur-Mer. La malheureuse a dû attendre que sa mère meure pour écrire son bouquin.

« Et puis pourquoi tu ressors ce truc ? Ça fait le mec qui veut se venger.

— Mais me venger de quoi ? Qu'est-ce que tu racontes ? »

J'encaissais les uppercuts, j'étais le monstre, le pourri, le fossoyeur. Je répétais qu'il s'agissait d'un détournement de pognon, lorsque, brusquement, j'ai vu mon Hervé basculer. Une chute vertigineuse, un incroyable saut périlleux :

« Michel et Nicolas n'ont pas si mal géré la maison, on a 135 millions de réserves, alors s'ils ont donné 3 millions pour Mme Escaro, à quoi ça sert d'en parler ? Et puis c'est toi qui dis que c'est un détournement. Après tout, elle a peut-être travaillé. »

Quoi ? Liffran avait osé me dire ça. Lui, l'enquêteur installé au *Canard* depuis les années 80. J'ai tout de suite compris que Gaillard et Brimo étaient passés avant moi pour lui retourner le cerveau, lui bourrer le crâne. Ils avaient commencé à distiller, auprès de certaines âmes de la rédaction, leurs éléments de langage fillonesques : Edith l'assistante, Edith qui aidait un dessinateur aveugle, Edith qui murmurait à l'oreille de l'illustrateur… Du baratin pour le jour où un poulet, voire un magistrat, débarquerait et poserait des questions. Le scénario était déjà fin prêt, ficelé, Edith devenait, par l'opération du Saint-Esprit, une familière, une collègue que nous avions toujours connue… Il suffirait d'ajouter comme prévu que Nobili était dingo, amer, qu'il faisait une tartine d'un truc banal et hop, le tour serait joué !

L'ex-rédac-chef Claude Angeli m'a avoué qu'à cette période, Gaillard l'avait invité à prendre un drôle de café, en lui jouant ce sketch : il lui avait opportunément causé d'Edith à lui aussi, alors qu'il ne l'avait jamais fait jusque-là, en cinquante ans de collaboration, en laissant entendre qu'elle avait un peu travaillé auprès d'Escaro… « hein, comme tu le sais ». Le manège avait sidéré et amusé Angeli. Gaillard ne pouvait pas le savoir, mais avant de déposer ma plainte, j'étais retourné voir Claude chez lui à plusieurs reprises. Il avait accepté d'apporter un témoignage écrit en appui de cette plainte, dans lequel il expliquait, évidemment, n'avoir jamais vu Edith bosser pour *Le Canard*.

« Tu sais, il ne faut pas percer les furoncles. Ton histoire, ça sert juste à donner des aigreurs d'estomac », a conclu mon Hervé, ce soir-là, comme l'aurait fait ma grand-mère.

J'ai dit à Liffran que je ne le comprenais plus. Je me suis enfui pour aller prendre le métro et, sonné, j'ai loupé la station où je devais descendre. En arrivant chez moi, j'ai réalisé que j'étais parti avec mon scooter, le matin, et que je venais de l'oublier au journal. Mon journal qui était foutu… Je me suis couché avec une aigreur, effectivement. Une brûlure, mais plutôt vers l'arrière. Comme un petit coup de poignard. Dans le dos.

20

Les douceurs

J'ai tout de même vécu quelques moments de légèreté durant cette période. De petites respirations printanières qui m'ont aidé. Des situations tellement ubuesques qu'elles me ramenaient, parfois, à la joie. Les conférences de rédaction, extraordinaires, s'enchaînaient, avec nos deux patrons jouant aux pères tranquilles et, désormais, une poignée de journalistes détenteurs du secret, qui continuaient à faire comme si de rien n'était.

L'une de ces réunions fut particulièrement réjouissante. Celle du jour où l'arrêt de la cour d'appel de Paris est tombé dans le procès des époux Fillon. Ce lundi 9 mai 2022 était non seulement la veille de mon dépôt de plainte, mais Michel Gaillard, pas gêné, a demandé qu'une bonne âme se dévoue pour rédiger un plaisant article sur la condamnation de François et Pénélope. Dans ma bulle, j'ai fait le mort. Le chef a interrogé l'assistance :

« C'est combien, déjà, l'amende ? »

À ses côtés, Nicolas Brimo a plongé le nez dans son téléphone portable et répondu :

« 375 000 euros pour François et autant pour Pénélope.

— Ah oui, quand même », a soufflé Gaillard.

J'ai fixé nos compères avec un léger rictus qu'ils ont forcément perçu. 375 000 euros d'amende par tête de pipe… Eh oui, camarades patronaux, ça peut coûter cher, un emploi fictif ! J'ai aussi observé mes collègues qui, dans la salle, savaient pour Edith. Mais ils n'ont pas bronché. Pas même un petit sourire. Grande maîtrise de soi !

Une autre conférence a fait de moi un ravi de la crèche. Pour une raison que j'ai oubliée, Brimo, jouant les légalistes, s'est pris le bec avec notre consœur en charge de la justice, Marine Babonneau, et lui a fait la morale, comme d'habitude, soutenu par les sourires de Gaillard à ses côtés. J'étais estomaqué de voir ce tandem continuer à fanfaronner, reprendre sa petite vie pépère de donneur de leçon. J'avais basculé pour de bon dans la colère. Le dilemme était de plus en plus loin ! Je me souviens du meilleur moment de la réunion, lorsque Nicolas a dégainé sa phrase magique, celle qu'il utilise pour dézinguer les politiques qui font le contraire des discours qu'ils tiennent :

« Faut pas sortir au soleil quand on a du beurre sur la tête ! »

Magnifique citation ! Elle pouvait s'appliquer

magistralement à un Jérôme Cahuzac, ex-ministre des Finances capable de déclarer la guerre aux fraudeurs installés dans les paradis fiscaux, alors que lui-même disposait d'un compte en Suisse. Ou encore à un Hervé Gaymard, ministre de… l'Économie foutu de louer près de 15 000 euros par mois un appartement de 600 mètres carrés aux frais de l'État. Se moquer du type qui sort au soleil alors qu'il a du beurre sur la tête, c'est une spécialité du *Canard*. Mais voilà que notre directeur, avec sa Edith dans le placard, le faisait mieux que personne ! Il avait d'ailleurs, quelques semaines plus tôt, ricané des articles de presse sur Fabien Roussel, le leader communiste visé par une enquête pour emploi fictif. Je me répétais cette phrase pour me détendre : « Faut pas sortir au soleil quand on a du beurre sur la tête, faut pas sortir au soleil quand on a du beurre sur la tête… » C'est vrai, il ne vaut mieux pas.

Entre deux joyeuses réunions de rédaction, je partageais des échanges jubilatoires avec ma copine Anne-Sophie Mercier, que j'avais mise aussi dans la confidence et qui constatait, vacharde autant que moi, que la chefferie changeait parfois d'attitude sous la pression de nos revendications syndicales, mais peut-être aussi de ma vilaine découverte. Un matin, Brimo lui a violemment reproché d'avoir fait 300 euros de notes de restaurant en un mois pour inviter des informateurs. Le contremaître de notre richissime maison a même poussé le burlesque jusqu'à lui avouer qu'il disposait d'un logiciel surveillant l'évolution des notes de frais de ses journalistes. Anne-Sophie a bien failli lui balancer qu'il était moins sourcilleux lorsqu'il s'agissait de financer la fantomatique Mata Hari de la Drôme, mais elle a préféré lui rétorquer, subliminale :

« Tu as aussi un logiciel pour comptabiliser les journalistes qui travaillent et qui continuent comme moi à envoyer des papiers pendant leurs vacances ? »

Trois jours plus tard, en rentrant d'un déjeuner, elle a trouvé deux grosses tablettes de chocolat sur son bureau. C'était Brimo, qui lui a glissé tout miel, clin d'œil à l'appui :

« Du chocolat suisse, le meilleur. »

Du jamais vu ! En me narrant l'épisode, Anne-Sophie se gondolait, elle en pleurait au téléphone :

« Je ne sais pas si c'est ton syndicat ou ta Edith, mais tu vois qu'on peut encore rire au *Canard* ! »

Nous n'arrivions plus, d'ailleurs, à nous arrêter.

« J'ai besoin de m'acheter un vélo électrique, là, tu crois que je peux demander ?

— Moi, je dois changer les pneus de ma bagnole, tu penses qu'il y a moyen de réclamer ?

— J'ai vu une belle petite robe dans une vitrine en bas, allez, je vais en parler à Brimo ! »

Oui, on pouvait encore se marrer au *Canard*. D'autres péripéties sont venues nous en apporter l'éclatante confirmation. Le soir du 6 juin, ma colistière SNJ-CGT Isabelle Barré, qui venait d'être élue déléguée du personnel à mes côtés, m'a appelé toute retournée. Gaillard l'avait convoquée en urgence le matin même, chez Verlet, le café d'en face où se font et se défont les carrières du *Canard*, pour lui annoncer une grande nouvelle :

« Il m'a dit que j'étais nommée rédactrice en chef adjointe. »

Ah, les vieilles ficelles ! Promouvoir mon bras droit syndical pour nous séparer, et m'isoler, moi, l'opposant numéro un.

« Je ne suis pas dupe », m'a assuré Isabelle.

Mais il y avait plus drôle. En lui proposant cette promotion, le rusé Michel en avait profité pour lui parler d'une certaine Mme Escaro et lui garantir que le méchant Christophe Nobili racontait n'importe quoi :

« Notre avocat nous dit que ce qu'on a fait, c'était certes bancal, mais légal. »

Deux jours plus tard, le 8 juin, la farce s'est corsée. Mon collègue David Fontaine, également élu avec moi suppléant SNJ-CGT, a été convoqué à son tour par Gaillard. Lui a eu droit à des câlins d'un autre genre. Notre pédégé lui a confié qu'il avait soudainement réalisé à quel point David travaillait dur et était insuffisamment rémunéré :

« Nous allons te faire une belle augmentation. »

À peine croyable. D'autant qu'au passage, le bougre a saisi l'occasion pour évoquer… le cas

Edith, dont il a causé, sans trembler, comme si elle avait toujours fait partie des meubles.

« Mais pourquoi tu me parles de cette dame ? Je ne la connais pas, c'est la première fois qu'on en discute depuis que je suis au journal, s'est amusé Fontaine.

— Nobili parle d'elle dans la rédaction, tu te rends compte, il m'accuse presque d'abus de biens sociaux. »

Pourquoi « presque » ? David riait de bon cœur en me racontant son tête-à-tête. Michel osait tout. Mais la réaction de mon suppléant syndical, face à Gaillard, a dû manquer d'enthousiasme à ses yeux car, une semaine plus tard, j'ai reçu un étonnant message de Louis-Marie Horeau. Notre ex-rédacteur en chef, perdu de vue mais qui continuait, sous le doux régime « emploi-retraite », à dispenser des conseils juridiques au *Canard* avait soudainement ressenti le besoin de m'inviter. J'allais encore bien me poiler.

« Salut camarade, tu serais libre à déjeuner aujourd'hui ? »

Il m'avait donné rendez-vous dans un resto de Montparnasse, le bien nommé Le Boa. Rapidement calés devant deux steaks tartares, moi assez à l'aise, lui beaucoup moins, nous avons joué un joli numéro. En éclaireur, pour ne pas dire en service commandé, Louis-Marie sondait mes intentions. En faux-derche, pour ne pas dire en filou, je cherchais à lui faire dire ce qu'il n'avait pas envie de reconnaître. J'ai pris un grand plaisir, au bout d'une heure à échanger des banalités, à lui arracher ce dialogue :

« Tu le savais, toi, qu'Edith Escaro était rémunérée alors qu'elle n'a jamais bossé pour nous ?

— Non, je pensais que c'était Escaro qui était payé ?

— Mais Michel et Nicolas t'ont parlé du problème ?

— Oui, ils m'ont dit que tu les avais rencontrés.

— Et alors ?

— Ils savent qu'ils ont déconné.

— Et donc, que fait-on ? »

Là, Louis-Marie a fait cette tête de chien battu derrière laquelle il se réfugie systématiquement par temps d'orage. On ne ferait rien, évidemment. J'ai compris que je ne pourrais pas compter sur le soutien de mon ancien rédac-chef, éminent spécialiste de la rubrique judiciaire du *Canard* pendant des décennies, qui avait pourtant supervisé l'affaire Fillon. Horeau ne m'appellerait plus jamais, ne m'inviterait plus à déjeuner… Le soir de nos furtives retrouvailles, je me suis amusé à relire les textos sympas que m'avait envoyés Brigitte Rossigneux, sa femme, les mois précédents. Cette ex-consœur du *Canard*, chargée de l'armée puis de la santé, m'avait écrit des « bravo pour ta section syndicale ! » ou encore ses « regrets de ne pas être là pour me bagarrer avec toi ». Mais mon message préféré était celui dans lequel elle m'exposait une des raisons de son départ du journal, un beau jour de 2016 : « Il faut un peu de cohérence entre ce qui est écrit dans les pages et la pratique des chefs. »

Je crois que j'ai bien dormi, cette nuit-là.

21

L'exfiltration

Il y a un bon dieu pour les vieilles canailles. Après les événements du printemps, notre assemblée annuelle des actionnaires, le mercredi 22 juin, s'annonçait mouvementée. C'était le jour où il fallait absolument que je sois là. Celui où, libéré de mes obligations de confidentialité après avoir évité les fuites dans la presse durant trois mois, j'avais envisagé de balancer sur la table le secret de famille de la Drôme, face à nos patriarches, comme dans *Festen*. De bondir au moment où notre commissaire aux comptes louerait, cette année encore, la « gestion remarquable et très saine du *Canard Enchaîné* ». Mais je n'ai pas pu être présent. Et n'ai rien déballé du tout. La veille, j'avais dû sauter dans un train pour Angoulême. Ma maison de campagne venait d'être dévastée par un orage de grêle. Plus de toit, plus de fenêtres : je n'avais pas eu d'autre choix que de me faire porter pâle, au dernier moment.

« Il est tombé des grêlons gros comme des balles de tennis ! Il faut que tu viennes ! » m'avaient hurlé mes voisins au téléphone.

Reclus dans ma cambrousse et ma maison sinistrée, sans eau ni électricité, sans téléphone ni Internet, j'ai passé deux jours à bouillir comme un homard dans une marmite. Le premier soir, j'ai dû sortir la voiture, rouler dix bornes et me stationner sur le parking sinistre d'un hypermarché Leclerc, pour pouvoir communiquer. Une heure et demie passée à envoyer des mails et à balancer des coups de fil pour galvaniser les troupes syndicales et remobiliser les frileux. Rebelote le lendemain matin : 10 kilomètres pour aller me garer, cette fois, sur ce qui restait d'un champ de tournesols et contacter les copains, au milieu d'une infernale série d'appels de l'assurance, du vitrier, du couvreur, du réparateur de clôture.

L'objectif du jour : organiser un vote groupé contre l'approbation des comptes annuels du *Canard* et le renouvellement des mandats d'administrateurs de Gaillard et Brimo. Du jamais vu en 107 ans d'histoire au journal, où toutes les résolutions se votent systématiquement en silence et à l'unanimité. Nous étions une petite dizaine à faire partie de la section syndicale tout en étant actionnaires. Lassés d'une gestion paternaliste et éditoriale à bout de souffle, mes camarades se préparaient à leur premier coup d'éclat syndical. Moi, à cinq cents bornes de là, je pensais surtout à ma Pénélope. Plus question d'approuver la comptabilité de notre direction de choc, de donner quitus au duo que j'avais confronté chez leur avocat et qui, depuis, faisait campagne en loucedé contre ma probité. Ironie de l'histoire, le lendemain de l'assemblée des actionnaires, j'étais secrètement convoqué à la brigade financière de Paris. Trois jours après mon dépôt de plainte, le 13 mai, le parquet de Paris avait ouvert une enquête préliminaire pour « abus de biens sociaux et recel ». Il souhaitait que je sois auditionné avant l'été et avait requis la plus grande discrétion auprès de mes avocats, vu la sensibilité du dossier. Le télescopage était savoureux. Terrifiant aussi.

Pour l'assemblée, j'avais cédé mon pouvoir de vote à Isabelle Barré. À mesure que l'heure de la réunion approchait, je ressentais une frustration de plus en plus vive de ne pas y être, ne pas pouvoir déballer mon sac, claquer le beignet du fameux « commissaire aux comptes » extérieur au journal. Je l'avais tellement imaginé, dans son costume gris étriqué, avec ses airs de révérend, changer de couleur en écoutant mon réquisitoire contre Gaillard, Brimo et le couple Escaro. J'avais répété la scène, j'en avais eu des sueurs froides. Et puis rien de tout cela n'est arrivé. Je n'étais pas là…

L'ordre du jour offrait, en prime, du pain béni. Chose à peine croyable, la direction y avait inscrit une résolution organisant carrément l'exfiltration d'André Escaro. En son absence, elle le virait du conseil d'administration ! Mieux : ce même mois de juin, Gaillard et Brimo avaient aussi poussé le dessinateur vers la sortie des pages du journal. Ils avaient mis fin à la publication de ses cabochons en page 2… et cessé de payer en cachette sa femme. Du jour au lendemain. Leur avocat avait dû leur conseiller de stopper net cette collaboration hasardeuse, maintenant qu'ils la savaient démasquée par mes soins. Las, par la même occasion, la direction me donnait l'impression de signer maladroitement son forfait.

L'insolite « Huitième résolution » était ainsi libellée : « L'assemblée générale, constatant que le mandat de membre du comité d'administration de M. André Escaro prend fin à l'issue de la présente réunion, décide de ne pas renouveler ce mandat. » Le plus dingue est qu'au moment de passer cette cocasse délibération, personne n'a pipé mot. Pas la moindre question n'a été posée sur ce départ, pas le plus petit discours prononcé, aucun commentaire, pas le début d'une explication. Bienvenue à la grande muette ! La chefferie n'a même pas salué la mémoire du héros de la maison, du dessinateur « aveugle » de 93 piges, du demi-dieu qui avait surpris les « plombiers » de la DST dans les locaux du *Canard*. Le surhomme Escaro a été rayé d'un trait de plume, évacué par la porte de derrière, parti sans tambour ni trompette, sans monument à sa gloire ni manifestation d'émotion, dans un journal où l'on passe pourtant notre temps à encenser nos anciens et à leur ériger des statues !

Et Mme Vandendaele alors ? Pas un mot pour elle non plus ? Rien pour Edith ? Aucun hommage à cette collaboratrice qui aurait passé vingt-cinq ans parmi nous ? Pas même un au revoir ? Un petit pot de départ dans cette taule où l'on lève son verre au moindre prétexte ? Quelle muflerie ! Moi, si j'avais été présent ce jour-là, à l' « Assemblée générale des actionnaires », j'aurais demandé que l'on fête dignement cette inestimable perte. J'aurais suggéré de placarder sans délai une affiche dans les couloirs des trois étages de l'immeuble du *Canard* :

« NOTRE CHÈRE EDITH
NOUS QUITTE, APRÈS DES DÉCENNIES
DE BONS ET LOYAUX SERVICES.
VENEZ TRINQUER, MÊME SANS ELLE,
À SA SANTÉ ! »

Mais tout ceci n'est pas arrivé. Je n'étais pas là…

Ce 22 juin 2022, une dizaine de camarades de notre section SNJ-CGT ont tout de même osé un acte de rébellion historique. À défaut de soutenir ma dénonciation de l'affaire Escaro, Isabelle Barré, qui m'avait éconduit dans le métro, Jean-Luc, qui m'avait étrillé dans les jardins du Palais-Royal, ont, pour la première fois en 107 ans, eu le cran de lire un texte critiquant l'évolution de la ligne éditoriale du *Canard*, accompagnés de tous les autres syndiqués. Ils ont même eu l'outrecuidance de voter contre l'approbation des comptes et le renouvellement des mandats de Gaillard et Brimo. Et à main levée, en prime ! Le vote à bulletins secrets leur avait été refusé, comme à l'époque des assemblées d'étudiants trotskystes, lorsqu'il s'agissait de confondre les traîtres. Les camarades m'ont raconté la stupeur de Michel, les ricanements forcés de Nicolas, le renfort de quelques anciens retraités, encore actionnaires, dont l'ex-rédac-chef Louis-Marie Horeau, venus faire bloc contre cette rébellion des gueux.

Gaillard a clos les festivités par cette ultime pirouette :

« Vous voulez que je parte ? Maintenant que vous avez réussi à couper la rédaction en deux et vu le boxon, je suis obligé de rester. »

Grandiose ! Après la baston, l'apéritif a été sportif. La direction distribuait les bons et les mauvais points. Gaillard a balancé au dessinateur renégat Wosniak :

« Alors toi, je ne pensais pas que tu me ferais ça un jour, que tu me trahirais. Tu m'as connu sous mon jour gentil, tu vas connaître mon autre côté !

— On va tous finir pendus, alors ? » s'est amusé un autre désobéissant, David Fontaine.

Mi-rigolard, mi-sérieux, Gaillard a lancé au petit groupe qui l'entourait, Wosniak en tête :

« Tu sais comment on leur faisait, avant, aux

traîtres ? On leur mettait la corde haut et courte. Ça cassait net la colonne vertébrale. »

À vous donner des envies de saisir l'inspection du travail. Pour ma part, j'avais déjà saisi la justice, c'était bien assez. Les camarades syndiqués ont préféré ne pas en rajouter. Ils avaient déjà, ce jour-là, commis l'irréparable : faire un affront au Soviet Suprême. Un acte purement symbolique, bien sûr, car, comme je l'ai déjà un peu expliqué, le vote protestataire groupé, même d'une dizaine d'actionnaires, n'a aucun effet au *Canard*. Nos dirigeants du comité d'administration n'ont été menacés à aucun moment. Ils détiennent la majorité des voix à eux seuls et s'élisent eux-mêmes. Ils n'ont jamais acheté aucune des 1 000 actions du journal, elles leur ont été léguées par leurs prédécesseurs. Et leur offrent la totalité du pouvoir. À leur tour, ils les transmettront de la main à la main, à la fin de leur carrière ou quand ils le souhaiteront, à ceux qu'ils auront choisis. Le rituel singulier du don d'actions pourra alors se dérouler, immuable, au troisième étage. Un vrai film.

Vous êtes appelé d'un clin d'œil, un beau jour, par le chef. Convoqué. Vous allez être nommé. Vous montez l'escalier derrière lui. Dans son petit bureau, il vous colle un papier sous le nez que vous n'avez pas le temps, et de toute façon pas l'audace, de lire. Vous signez, vous êtes prié de ne rien dire, de ne surtout pas dévoiler le nombre d'actions qui vous est gracieusement donné. Vous souriez. Voilà, c'est fait. Si c'est 5 actions, vous êtes le poilu ; si c'est 200, vous êtes l'élu !

Il m'arrive naïvement de penser que ce système, bourré de charme, devrait laisser la place à une gouvernance un peu plus sérieuse, pour ne pas dire moderne, accolée à une fondation par exemple et, surtout, réellement à l'abri des prédateurs ou d'une catastrophe. Au *Canard*, contrairement aux idées reçues, le mur d'enceinte est fatigué : il consiste en un simple système de poupées russes, élaboré quand je n'étais pas né. La société d'exploitation, dominée par trois personnes (Gaillard, Brimo et Emptaz, donc), loue le titre *Le Canard Enchaîné* à une société civile, « LCE », dirigée par les trois mêmes personnes. Laquelle société civile est détenue par une association, « Maurice Maréchal – *Le Canard Enchaîné* », dans laquelle on retrouve encore nos trois dirigeants majoritaires et quelques figurants. Sur ce socle repose tout *Le Canard*, les fondements de son paternalisme et la personnalisation de son pouvoir, qui se transmet sur un coin de table. Le nommé nommera à son tour et restera redevable *ad vitam æternam* à son généreux donateur d'actions. Je dis cela en passant, mais Escaro lui-même fut un très gros donateur…

Lorsque je suis rentré d'Angoulême, le lendemain de la tempête, le vent soufflait encore dans les couloirs du *Canard* et le froid s'y était durablement installé. Gaillard pestait encore mais il m'a demandé :

« Alors ta baraque, comment ça va ? »

Une amabilité ? Le numéro un du *Canard* n'était manifestement pas encore au courant de l'enquête préliminaire le visant, pourtant ouverte un mois et demi plus tôt. Ni de mon passage imminent chez les poulets…

22

UN ÉTÉ 2022

J'ai passé cinq heures à la brigade financière. Le genre de rencontre qui arrive rarement dans la vie d'un journaliste du *Canard*. Enfin, pas dans cette configuration-là. En général, le caneton convoqué chez les flics est cuisiné sur ses sources, parce qu'il a révélé les turpitudes d'un homme d'affaires, par exemple, lequel a porté plainte pour « violation du secret professionnel » dans l'espoir d'identifier l'auteur des fuites. L'entretien à la maison Poulaga ne dure alors que cinq minutes, pas cinq heures, avec la même chanson :

« Cher monsieur l'agent, je n'ai rien à vous dire. Je suis journaliste, je protège mes sources. Les lois française et européenne me l'autorisent. »

Mais moi, ce 23 juin, dans les locaux de « la financière », j'étais venu pour décrire les errements de mes propres patrons. Je me suis retrouvé seul, au milieu d'un long couloir, dans un petit bureau, face à un jeune capitaine de police, qui m'a quand même lancé, pour rire :

« Je suppose que vous n'allez pas me donner vos sources ?

— Non, j'ai donné des chiffres à la justice, ils sont faciles à vérifier. Ils sont bons, vous trouverez forcément les mêmes.

— Effectivement, nous avons trouvé les mêmes. »

Le policier avait déjà enquêté un peu. Et ramené dans ses filets une série d'éléments sur les rémunérations d'Edith. Il s'était bien amusé, comme certains magistrats du parquet, avec la petite lettre que j'avais écrite pour Laure Beccuau, la procureure de Paris :

« On reconnaît la patte du journaliste du *Canard*.

— La palme, oui… »

Les présentations faites, j'ai déroulé à nouveau, par le menu, l'histoire de mes rocambolesques découvertes sur le fantôme de la Drôme. Mes premiers soupçons, le début de mes recherches, les salaires de journaliste confirmée donnés à la dame, ses primes annuelles, puis sa belle double retraite, mais également les déclarations du *Canard* à la commission de la carte de presse… sans oublier, bien sûr, l'entente de l'année 1996 entre Brimo, Gaillard et Escaro. De temps à autre, je faisais une pause, pour respirer, tenir le coup, laisser au capitaine le temps d'écrire, je méditais, je me perdais, j'observais le plafond de sa brigade, comme celui de ma chambre durant mes nuits d'insomnie. Les plafonds sont devenus mes amis.

Me retrouver dans ce petit bureau, à mettre en cause la probité des dirigeants du *Canard* face à un flic, après tout ce que j'avais donné à ce journal pendant vingt-cinq ans, y avoir accompli une partie de mes rêves de jeune journaliste, c'était « du brutal », comme on dit au palmipède. Bizarrement, j'ai d'abord ressenti du soulagement. Puis, assez rapidement, de la tristesse, que le souvenir d'une joie partagée jadis avec Michel Gaillard a balayée quelques instants.

C'était en octobre 2013. Lui et moi avions découvert la liaison entre François Hollande et Julie Gayet quelques semaines avant sa révélation par la presse people, illustrée par la fameuse photo de Pépère casqué sur son scooter. Comment ? J'avais déboulé au bureau de Michel pour lui confier qu'un avocat parisien croisait régulièrement le locataire de l'Élysée dans les escaliers d'un immeuble privé de la rue du Faubourg-Saint-Honoré, tandis qu'une voiture aux vitres teintées, dont le moteur continuait à tourner, l'attendait à l'extérieur. Le manège était fort curieux et Gaillard avait lui aussi une curiosité à me narrer : un cinéaste lui avait raconté que le même Hollande s'était pointé sur un tournage de film pour conter fleurette à une actrice. J'ai illico voulu savoir « quelle actrice », Michel a pris un air mystérieux pour m'expliquer qu'il s'était engagé à ne pas le divulguer. J'ai donc proposé de faire un saut à l'adresse de la rue du Faubourg-Saint-Honoré, à deux pas du *Canard.* Avec un peu de chance, une « actrice » logerait justement là. Sur place, je n'ai évidemment trouvé aucun nom de comédienne sur les sonnettes, mais celui de plusieurs sociétés, dont l'un renvoyait à une boîte de production audiovisuelle. J'ai assez rapidement trouvé sa fondatrice en tapotant sur mon téléphone : une actrice. Je suis rentré dare-dare au *Canard* voir Gaillard :

« Une actrice a ses bureaux dans l'immeuble !

— Elle s'appelle comment ?

— C'est donnant-donnant, si tu ne me dis rien, je ne te dis rien.

— Alors voilà ce qu'on va faire : on se donne, en même temps, la première lettre de son prénom. »

Nous avons crié ensemble « J », et commencé à sourire.

« Maintenant, la première lettre de son nom. »

Nous avons balancé en chœur : « G ». Explosion de rire. Michel a ouvert de grands yeux :

« Putain, Hollande se tape Julie Gayet ! »

Évidemment, nous n'allions rien écrire là-dessus. Ne rien dire non plus. *Le Canard* s'arrête toujours à la porte de la chambre à coucher…

Je rêvassais en repensant à cette lointaine complicité, les yeux toujours collés au plafond de la brigade financière, au point que j'avais oublié le poulet qui continuait à tapoter sur son clavier et avait fini par reprendre ses questions. Revenant brusquement à la réalité, je lui ai lâché :

« Vous savez ce que je crois ? Toute proportion gardée, je vais finir frappé du syndrome Buscetta. Vous connaissez Buscetta ? »

À mon grand étonnement, il s'est écrié :

« Tommaso Buscetta !

— Oui, c'est ça, le premier repenti sicilien, celui qui a parlé au juge Falcone et été à l'origine du maxi procès de la mafia dans les années 80. Ce type a permis la condamnation de plus de trois cents *mafiosi*, dont des bouchers qui ont zigouillé des dizaines de personnes, mais c'est lui qui est passé pour le pire des salauds parce qu'il avait brisé l'omerta. Du côté de ma mère, j'ai des origines siciliennes, près de Palerme. Là-bas, quarante ans après, pour traiter quelqu'un de traître, on lui crie encore : *Sei un Buscetta ! Sei un Buscetta !* »

Une fliquette a passé la tête par la porte du petit bureau. Jeune, elle avait fait ses classes en se frottant à l'affaire Elf. Elle travaillait avec le capitaine sur ma plainte et avait entendu la fin de notre conversation. Elle a volontiers confirmé mes craintes, en dressant un tableau très réjouissant de mon proche avenir :

« Votre plainte, vos chefs vont vous la faire payer. Ils ne vont pas s'attarder sur le fond de l'affaire, mais sur la forme. Ils vont dire que vous réglez des comptes, essayer de vous isoler, dresser vos collègues contre vous. Ça va vite devenir irrespirable. Il vous faudra quelques soutiens pour tenir, mais vous n'arriverez pas à en avoir beaucoup au début. Vous serez surpris par certaines personnes qui vous lâcheront. Plus tard, pour expliquer votre démarche, le mieux sera d'écrire un livre. » Drôle d'idée...

Le retour au *Canard*, dès le lendemain, a été sportif. Porteur du secret de mon audition, mais plus pour longtemps, j'avais l'impression d'être coupé en deux. Celui qui allait devenir le « Buscetta du *Canard* » et l'autre, qui devrait continuer à faire un journal. En allant saluer les secrétaires de rédaction, comme tous les vendredis, au premier étage, j'ai trouvé ma camarade syndiquée, Claudine, blême :

« Des journalistes sont appelés par la brigade financière. Mais qu'est-ce qui se passe ? »

C'était parti ! Un nouveau parcours du combattant m'attendait. J'allais devoir tout réexpliquer depuis le début, compresser deux ans d'enquête et d'atermoiements en quelques phrases, décrypter, rassurer, radoter, dérouler mon argumentaire : « Si je n'avais pas porté plainte, Michel et Nicolas n'auraient jamais eu à s'expliquer », « on ne peut pas donner des leçons à la terre entière et ne pas s'y conformer », « si des journalistes de base avaient détourné de l'oseille, ils auraient été virés au nom des valeurs du *Canard* et tout le monde aurait applaudi », « il valait mieux que cette affaire sorte de l'intérieur plutôt que de l'extérieur », etc. Une demi-heure pour affranchir Claudine. Un travail de Romain, qu'il faudrait désormais renouveler, jour après jour, journaliste après journaliste, avec des fortunes diverses. Être bombardé de demandes, gérer les crises de panique, affronter les mêmes questions : « Pourquoi tu ne nous as rien dit ? », « en avais-tu parlé à Michel et Nicolas ? », « qu'est-ce qu'on va devenir ? On est foutus. »

Des questions auxquelles je répondrais invariablement : « J'étais obligé de respecter plusieurs mois de confidentialité en raison de mon statut de lanceur d'alerte », « oui, j'en ai parlé à Michel et Nicolas devant des avocats, ils m'ont livré des explications fillonesques », « non, notre *Canard* n'est pas foutu, quelques personnes ont déconné, c'est si nous couvrons ça que le journal est foutu… »

Tout le monde allait savoir désormais, la nouvelle se répandrait dans la rédaction à la vitesse d'un scoop, l'eau monterait dans les étages à gros bouillon. Elle était peut-être déjà parvenue au deuxième, jusqu'au bureau de Gaillard et Brimo. J'imaginais la chefferie redescendre pour me coincer, me cuisiner sur mon dépôt de plainte. Je suis pourtant resté quelques minutes encore à errer au premier étage. Mon téléphone vibrait déjà, les appels s'intensifiaient, les textos pleuvaient. Certains copains me travaillaient au corps, anticipaient la comparaison fatale entre les affaires Fillon et Escaro. La panique a fini par me gagner pour de bon, j'ai décampé. Une fois dans la rue, libéré de la lourde porte cochère du 173, rue Saint-Honoré, j'ai reçu un message de ma collègue Marine Babonneau, qui me posait deux questions auxquelles je n'avais pas encore été confronté :

« Tu vas tenir, Christophe ? Comment te sens-tu ?

— Tu as vu *La Firme*, avec Tom Cruise ? Je me sens comme son personnage lorsque le chef de la sécurité de ses patrons veut le buter et s'écrie : "Le petit salaud, il marche avec le FBI !"

— Je vois très bien, un de mes films préférés. Mais ça se termine bien !

— Oui, mais c'est un film. »

J'ai passé tout le week-end le téléphone collé à l'oreille gauche, puis à l'oreille droite, puis à l'oreille gauche, avec mes proches qui, passé la stupeur, ont approuvé mon dépôt de plainte.

Soyons justes, j'ai à mon tour connu la stupéfaction, pris une première claque même, le lundi matin, lorsque la rédaction s'est retrouvée, à 9 heures pétantes, pour notre traditionnelle conférence d'avant-bouclage. Silence dans les rangs, pas un mot sur la plainte, même pour rire. Pas un investigateur du *Canard* pour demander ce qui se passait au *Canard*. Côté patronal, Brimo et Gaillard fuyaient mon regard. Nicolas a passé une heure le nez planté dans son téléphone portable. Michel ruminait dans son coin, souriant de temps à autre, pour la galerie. La trouille commençait à se lire sur leurs visages. Aussi sidérant que cela puisse paraître, ils ne sont rien venus me dire. Ils ne m'ont d'ailleurs plus jamais rien dit.

L'improbable scénario s'est répété deux jours plus tard, à la réunion du mercredi. Mutisme général, grand débat sur la variole du singe par-ci, colloque d'experts sur l'avenir du nucléaire par-là. Mais toujours pas la moindre évocation de l'ouverture d'une enquête autour de l'emploi imaginaire de la compagne d'Escaro. Un brin décalé, Liffran s'est écrié en pleine réunion :

« Mince, le journal a 106 ans, il faut que je pense à faire un tweet ! »

Hervé Liffran était redevenu « Liffran ». Il n'était plus « Mon Hervé ». Il avait été le premier, après les chefs, à cesser de me causer. Désormais, il ne me disait plus bonjour. Au grand déjeuner du lundi, cet ancien complice de l'affaire Fillon plongeait les yeux dans son assiette dès que je prenais la parole.

« Vous serez surpris par certaines personnes qui vous lâcheront… » avait prédit la fliquette. Je n'étais pas au bout de mes surprises. J'ai rapidement reçu un coup de fil de mon rédac-chef. Jean-François Julliard, l'air bouleversé, voulait des précisions sur mon dépôt de plainte. Lui-même n'ayant jamais constaté, depuis son embauche en 1985, un quelconque travail d'une dénommée Edith, j'ai benoîtement pensé que ce « canard boy » était sous le choc et qu'accessoirement, il m'apporterait, sinon des encouragements, au moins un début de soutien. J'ai donc commencé à lui livrer généreusement des éléments sur la procédure, les dates, les lieux, les chiffres lorsque, l'entendant griffonner, j'ai soudain douté qu'il soit de mon côté. Julliard était en train de noircir son bloc-notes ! Il m'interrogeait, tranquillou, comme un journaliste consciencieux accomplit son reportage et va, ensuite, présenter le fruit de ses investigations à sa direction. Une de ses questions m'a définitivement refroidi :

« Si l'enquête est classée sans suite, tu n'en seras pas frustré ? »

Je suis resté bouche bée en obtenant, quelques jours plus tard, la confirmation de ses intentions. Entre deux portes, il m'a glissé :

« Bon, tu te doutes que tout ce que tu m'as dit sur ta plainte, je l'ai raconté à Michel et Nicolas.

— Euh, non, je ne m'en doutais pas forcément. Ce qu'ils ont fait est un peu choquant pour des dirigeants du *Canard*, non ?

— On va en reparler, on va en reparler. Il y a toujours eu des cadavres dans le placard, d'accord, c'était la gestion à l'ancienne… »

Là, mon rédac-chef m'a sorti la meilleure :

« Il faudrait voir si on peut arranger les choses. »

Arranger les choses ? Sur le moment, je n'ai pas bien saisi. Mais, assez rapidement, j'ai fait l'objet d'autres approches étonnantes. Des historiques de la maison m'interrogeaient sur ma détermination. D'innocents messagers me posaient ce type de questions :

« Si, par exemple, Michel et Nicolas proposaient de rembourser, tu retirerais ta plainte ? »

La proposition était d'autant plus saugrenue qu'il me semblait avoir déjà abordé ce sujet avec les intéressés avant ma plainte, et me souvenir qu'ils ne s'étaient pas montrés très coopératifs. Outre le fait que personne n'était du genre à rembourser quoi que ce soit, et surtout pas des millions d'euros, je ne me voyais guère réclamer une créance alors qu'on m'avait longuement expliqué que tout cela n'était pas bien grave. Et que nos patrons faisaient campagne sur ce thème dans les couloirs de la rédaction.

La veille de mon départ en vacances, un dernier envoyé spécial s'est présenté à moi pour me proposer de partager un café. À peine assis à la terrasse voisine du Musset, Hervé Martin, avec ce ton professoral qu'il affectionne pour accabler d'ordinaire les puissants, m'a semblé dédouaner nos chers gouvernants et relayer leurs premiers éléments de langage :

« Alors voilà comment je vois les choses. Pour moi, dans cette affaire Escaro, c'est juste un arrangement administratif. On a payé Edith pour le boulot d'André. Il n'y a pas de problème moral. Je vais t'expliquer.

— Mais il pourrait y avoir un léger problème pénal, non ?

— Non, mais attends, je vais t'expliquer. Bon d'accord, Michel et Nicolas risquent d'être condamnés pour des broutilles, des déclarations à la sécu, aux caisses de retraite, mais ça, c'est rien. Il n'y a aucun préjudice pour le journal.

— Bien, c'est formidable, je suis rassuré, j'étais inquiet.

— Non mais arrête, laisse-moi t'expliquer ! »

Martin, 73 piges au compteur, enquêteur de plus de trente ans, nanti d'un cumul emploi-retraite lui permettant de gagner plus que lorsqu'il était « actif », a alors commencé à échafauder, avec un culot qui force le respect, une nouvelle théorie sur notre dessinateur Escaro de vingt ans son aîné :

« En payant Edith, ça nous a coûté moins cher que si Escaro n'était pas parti à la retraite et qu'on avait continué à le payer.

— Merde, le pauvre gars, il faut qu'on le dédommage alors, il a été lésé !

— Non, mais arrête tes conneries, tu vois ce que je veux dire ?

— Je comprends qu'en somme, tu es en train de m'expliquer que l'emploi fictif de sa femme nous a permis de faire des économies !

— Mais ouiiii ! »

Encore un qui s'imaginait me convaincre de retirer ma plainte avec sa poudre de perlimpinpin.

Je ressentis un vif soulagement en montant dans un avion, le lendemain, direction la Corse, pour me ressourcer trois semaines au village et sortir de ce cauchemar éveillé. Las, mon téléphone s'est remis à vibrer.

À Paris, le défilé d'éminents journalistes du *Canard* d'hier et d'aujourd'hui chez les poulets avait débuté. Claude Angeli, Jacques Lamalle, Frédéric Pagès, André Rollin, David Fontaine, Kiro et d'autres étaient passés à confesse. Les uns m'appelaient pour narrer leur courtoise rencontre avec le capitaine de police. Les autres pour se plaindre : il posait tout de même beaucoup de questions ! Tous, en revanche, lui avaient confirmé les faits : aucune Edith n'avait jamais travaillé pour *Le Canard*.

D'autres échos me revenaient, moins palpitants. Martin, avec son bâton de pèlerin, faisait le tour de la rédaction pour vendre sa théorie fantastique sur les bienfaits du faux travail d'Edith. Au téléphone, les copains se poilaient. Moi aussi, ne soupçonnant pas encore la haine qui me viserait :

« Laissez-le s'exprimer, vous connaissez Martin, il vendrait des skis à des Jamaïcains ! »

Une amie m'a rapporté d'autres propos de bonimenteur :

« Nobili fait cela pour partir ensuite à *Mediapart*. Il faut se demander à qui profite le crime ? »

On nageait en plein délire, un marigot se formait. Liffran s'était associé à Martin pour me faire la fête et répandre une sympathique accusation déjà entendue dans la bouche de Gaillard. Elle allait devenir l'un des thèmes de campagne favoris de la « Escaro Connection », être relayée jusque dans la presse par certains :

« Nobili nous a balancés aux flics ! Nobili nous a balancés aux flics ! »

L'accusation d'être une « balance », comme prévu…

« Ils ne vont pas s'attarder sur le fond de l'affaire, mais sur la forme… », avait aussi prophétisé la fliquette. Une troisième canardeuse, la consœur économique Odile Benyahia-Kouider, s'est mêlée aux festivités. Mais sous un angle encore plus original :

« Nobili nous prend en otages avec son histoire. »

Je me marrais en me disant que, désormais, lorsqu'une source viendrait nous raconter une magouille dans son entreprise, on refuserait de faire un article en la sermonnant :

« Oh, mais ça n'est pas bien ce que vous faites. Vous pourriez régler ça entre vous. Vous prenez vos collègues en otages, là ! Désolé, mais nous ne ferons pas de papier. »

La réalité m'oblige à être prosaïque : quelques semaines plus tôt, Gaillard et Brimo avaient propulsé Liffran et Benyahia-Kouider membres du très fermé conseil d'administration du *Canard*…

Pour achever de me déprimer, alors que je reprenais des forces au soleil et m'enivrais des odeurs de figuiers corses, de nouveaux canetons m'ont raconté leur drôle d'expérience à la brigade. Auditionnés après nos deux rédacteurs en chef, ils avaient dû commenter leurs déclarations. Le premier, Jean-François Julliard, avait laissé entendre qu'Edith aurait pu travailler à distance et secrètement pour le tandem royal Gaillard-Brimo, sans que lui, tout rédac-chef qu'il était, soit au courant. C'était le retour de la Mata Hari de la Drôme ! Le second, Erik Emptaz, avait été plus loin : il s'était aligné sur la défense directoriale, prétendant même avoir vu Mme Escaro bosser auprès de son mari… Un peu à la manière d'un Bernard Accoyer, l'ex-président de l'Assemblée nationale, qui jurait avoir croisé l'assistante parlementaire Pénélope Fillon au palais Bourbon.

Plus de doute, la contre-offensive était lancée. Et la chasse au canard boiteux Nobili ouverte !

23
Festen

Je n'avais jamais détesté les retours de vacances au *Canard* avant ce lundi 22 août. En croisant les deux Hervé, Liffran et Martin, dans la grande salle de rédaction, l'accueil a été des plus chaleureux. Regards noirs, ni « bonjour », ni « merde ». Dans la pièce voisine, le bicéphale bureau de Gaillard et Brimo était devenu, pour leurs quelques soutiens, le royaume des messes basses, un salon où l'on murmurait sur mon compte, accusait mes proches d'être manipulés, gloussait sur ma plainte et « l'inspecteur Columbo » qui, à la brigade financière, menait l'enquête préliminaire ouverte par le parquet de Paris.

À 13 h 30, pour la première fois depuis mon embauche en 2005, les deux Hervé ne m'ont pas proposé d'aller déjeuner. En quête de volontaires, j'ai passé une tête dans le bureau de Sorj Chalandon :

« Tu bouffes, Sorj ?

— Non ! »

Je ne le savais pas encore, mais le traditionnel déjeuner du lundi, pour lequel je battais régulièrement le rappel des convives, allait bientôt se tenir sans moi, sur oukase du rédac-chef Jean-François Julliard.

Le vendredi suivant, les choses se sont précipitées. Isabelle Barré a démissionné de son poste de rédactrice en chef adjointe, décroché trois mois plus tôt. J'ai reçu un appel d'une journaliste du *Monde*, qui préparait un long papier sur les six premiers mois de notre section syndicale, avait interrogé une dizaine de confrères, de consœurs… et fini par tomber sur quelqu'un de plus bavard que les autres.

« Christophe, j'ai appris pour votre plainte sur un emploi fictif, c'est comme ça qu'on dit ? »

Sans trop y croire, je lui ai demandé de ne rien écrire, d'attendre, de me préserver un peu. Le soir même, *Le Monde* titrait : « *Le Canard Enchaîné* visé par une plainte pour abus de biens sociaux et recel d'abus de biens sociaux ». Deux heures plus tard, la nouvelle pétaradait dans toute la presse. Le samedi matin, BFM TV dépêchait, au 173, rue Saint-Honoré, un « envoyé spécial » très en forme :

« Est-ce que, mercredi prochain, jour de sortie du *Canard Enchaîné*, il fera la Une sur cette affaire croquignolesque ? On sait que *Le Canard* tient une rubrique qui s'appelle “Pan sur le bec” », quand il commet quelques erreurs. Là, c'est sûr, ça fera un peu plus mal, il risque d'y avoir quelques plumes qui volent dans la basse-cour du palmipède. »

Un « Pan sur le bec » ? C'était bien mal connaître nos dirigeants. La riposte a débuté de manière savoureuse, à l'image des meilleurs scandales politiques que nous dénonçons. Un communicant de crise a entrepris une tournée des rédactions parisiennes pendant le week-end, pour minimiser les faits et distiller les éléments de langage. Cette bonne âme, un certain Laïd Sammari, se trouve être un ancien pigiste du journal, mais aussi un grand copain de notre ex-rédacteur en chef, Louis-Marie Horeau. Un investigateur égaré, un de plus, qui s'est reconverti dans la création d'une boîte de lobbying, « JEL Stratégie Media ». Sammari téléphonait chez *Mediapart*, *Libération* et d'autres, pour tenter de dissuader leurs journalistes d'écrire sur cette « fausse affaire d'emploi fictif au *Canard* », qui n'était en réalité qu'un « simple arrangement administratif ». Tiens donc.

De mon côté, je croulais sous les coups de fil de camarades. Gaillard et Brimo prévoyaient déjà une tribune dans le journal, je répétais que je m'opposerais à ce qu'ils se servent du *Canard* comme bouclier, pour leur défense personnelle. Les optimistes me rétorquaient :

« Si c'est le cas, nous exigerons de publier un autre texte à côté du leur ! »

L'optimisme n'a pas duré longtemps.

La démarche lente, les mines graves, Michel et Nicolas sont venus prendre place, le lundi matin, dans la rédaction. Nous étions plus nombreux qu'à l'accoutumée, près de vingt-cinq. Quelques dessinateurs curieux avaient fait le déplacement pour assister au spectacle. Les troupes se regardaient en chiens de faïence. Un groupe, massé à l'entrée, faisait face à la chefferie, laquelle restait lovée dans son coin, près d'un noyau de partisans. Gaillard a pris un ton solennel de petit père des peuples :

« Le journal est attaqué. Nous allons répondre. Nicolas va vous expliquer.

— Ce n'est pas le journal qui est en cause, c'est vous ! Je ne vois pas pourquoi vous l'utiliseriez pour votre défense. Vous n'avez qu'à envoyer une dépêche à l'AFP », ai-je claironné.

Un premier bourdonnement a envahi la salle. Liffran s'est indigné :

« Mais laissez parler Michel et Nicolas ! »

Brimo a sorti de sa poche un papier qu'il a soigneusement déplié. Suspense à son comble, roulements de tambour… Le directeur du *Canard* allait-il sortir une trace du travail d'Edith ? Un début de preuve ? Que nenni. Nicolas a entamé une brasse coulée sur le méritant André Escaro, qui avait beaucoup dessiné durant ses vingt-cinq années de retraite : « Plus de 8 000 cabochons pour la page 2. » Le malheureux avait passé un week-end à les compter.

« Mais pourquoi tu nous parles d'Escaro ? C'est sa femme qui a été payée alors qu'elle n'a pas travaillé », a crié une consœur.

Michel a commencé à entonner son refrain sur le « cumul emploi-retraite qui n'existait pas dans les années 90 » et le fameux « arrangement » :

« C'était une connerie, oui, mais il n'y avait pas d'autre solution.

— Faux. Escaro pouvait très bien, comme de très nombreux retraités, monter une société et facturer ses dessins, il n'y avait aucune raison de payer Edith », ai-je expliqué.

Le tandem directorial s'est vite retrouvé assailli de questions, le brouhaha revenait sans cesse, Liffran continuait à s'égosiller (« mais laissez parler Michel et Nicolas ! »), Martin nous refourguait ses balivernes sur les bienfaits du montage escarolesque, je redégainais pour divulguer un maximum de chiffres, Brimo concédait avoir versé jusqu'à 70 000 euros par an à sa Fantômette de la Drôme, mais également une rondelette prime de retraite, sans parler de son statut de « pigiste en cumul emploi-retraite »... Ouf !

« Là, ça fait beaucoup quand même », a euphémisé l'un des secrétaires de rédaction, Paul.

Mais pas assez, visiblement. Les chefs sont passés à la deuxième phase de leur plaidoirie, dans leur registre sentimental : Edith avait aussi été une collaboratrice énamourée qui œuvrait, depuis toujours, auprès de son tendre compagnon…

« Mais c'est lui qui travaillait ou c'est elle ? Vous changez toujours de version ! » s'est énervé David Fontaine.

La température n'arrêtait plus de monter, je répétais que le plaidoyer directorial était du flan, qu'un système avait été mis en place, entre potes, pour assurer l'avenir de la jeune compagne d'Escaro et enrichir son couple, que même Hervé Martin avait admis devant moi que les chefs risquaient d'être « condamnés »…

« C'est faux ! C'est faux ! Je n'ai jamais dit ça ! » hurlait-il rougeâtre en sautant sur sa chaise.

Soudain, mon voisin Liffran, tournant le dos, m'a décoché un incroyable coup sous la ceinture :

« Christophe est venu me voir il y a quelques mois pour me dire qu'il allait utiliser cette histoire Escaro pour faire partir Michel et Nicolas.

— Quoi ? Regarde-moi quand tu balances un mensonge pareil !

— Mais je te regarde », a renchéri Liffran, continuant à me tourner le dos.

C'était *Festen*.

J'ai failli exploser en saisissant son fauteuil, que j'ai tenté de faire pivoter vers moi. Un grand « oooh » a envahi l'assemblée.

« Si vous livrez une défense à la Pénélope dans

le journal, ça va être désastreux, répétait Isabelle Barré.

— Oui, ok, c'était une faute. Mais notre avocat dit que l'abus de bien social, ça ne tient pas la route.

— Ah, vous admettez une faute ? »

J'ai alors demandé si « la reconnaissance de cette faute » figurerait dans le journal ?

« Sinon, certains, dont moi, écriront un texte à côté du vôtre pour donner leur position ! »

Resté debout derrière la chefferie, Erik Emptaz s'est brusquement avancé au milieu de la pièce pour mettre son veto :

« Le journal n'est pas une cour de récréation ! Tu es qui, toi, le chevalier blanc ? »

À la stupéfaction générale, Jean-Michel Thénard, rédacteur en chef adjoint, muet depuis huit mois sur tout ce qui se passait au journal, a pris la parole, des trémolos dans la voix :

« Les lecteurs attendent une réponse dans le journal. Que je sache, ce journal a une direction, elle est légitime et sa légitimité n'a pas été remise en cause. C'est à elle de répondre ! Et si Michel dit qu'Edith Escaro a travaillé, c'est qu'elle a travaillé ! »

Bouleversant. Personne n'a rebondi, excepté Chalandon :

« Christophe, que tu le veuilles ou non, l'image du *Canard* a été salie. »

Manière élégante de dire « par ta faute ».

La famille était clairement coupée en deux.

Atomisée par ce secret qui nous pétait à la figure et que tout le monde ne voulait pas voir de la même manière. Convaincue ou pas, une majorité restait tétanisée par une peur irrationnelle, l'effroi de la destruction du journal, la paranoïa de la fin du monde. Un peu comme dans ces sectes, lorsque les adeptes découvrent que leur gourou n'est pas le bon dieu. Mais la plupart continuent à le suivre, persuadés que la survie de la communauté en dépend. Même dans notre *Canard*, réputé anticlérical et frondeur, cela arrivait. Cette image comique de la secte en panique ne m'a plus jamais quitté. J'y repenserai à chaque fois qu'un nouvel épisode, jugé périlleux pour notre existence commune, surviendrait, une nouvelle audition à la brigade financière ou un énième article de presse assassin sur nos dirigeants.

« Ce n'est pas ma plainte qui va détruire ce journal, c'est la solidarité envers Michel et Nicolas », ai-je conclu.

Finalement, la catharsis s'est achevée sur une exigence a minima : que la tribune à paraître ne soit pas au nom de la rédaction. Après une heure de baston, cette dernière venait de capituler face au coup de force de trois-quatre personnes, comme dans les meilleures démocraties. Il y aurait un seul texte dans le journal du mercredi sur le cas Edith, signé par la direction, celle-là même qui avait payé pendant vingt-cinq ans, en loucedé, la même Edith. Le genre de conflit d'intérêts et d'atteinte à la liberté d'expression que n'aurait pas manqué d'épingler *Le Canard*… chez d'autres.

À 12 h 30, Gaillard est monté au troisième étage pour rédiger le manifeste. Il n'est redescendu qu'en fin d'après-midi. Des heures à suer pour écrire un papier de trois feuillets, peser et soupeser chaque mot. Et encore, il ne l'avait pas complètement terminé ! C'est fou le doigté nécessaire à un patron de presse, avec plus de cinquante ans de journalisme derrière lui, pour rédiger une simple attestation de travail. Le texte de Michel a dû passer dix fois entre les mains de Brimo et d'Emptaz, qui le touchaient, le retouchaient. Mais personne d'autre, en dehors de la chefferie, n'a été autorisé à le parcourir. Il a fallu attendre le lendemain, une heure à peine avant le bouclage, pour que le peuple puisse enfin y avoir accès. À 14 heures, le nuage de fumée blanche s'est élevé dans le ciel du *Canard*. Les chefs avaient accouché de leur prose finale.

Lorsque l'auguste article est arrivé sur ma table, je n'en ai pas cru mes yeux. Sous le titre « La réalité dépasse le fictif », ils avaient tricoté du Pénélope dans le texte. Pas de démonstration de force et, évidemment, aucune publication de documents ni de témoignages. Pas même la plus petite trace de travail d'Edith en vingt-cinq ans, un mail voire un texto… Juste du bla-bla. L'exposé démarrait par des ricanements sur la méchante plainte du journaliste « Christophe Nobili, délégué syndical SNJ-CGT ».

Une idée de Brimo, qui avait dû s'imaginer que me prêter cette seule qualité me disqualifierait auprès de notre lectorat. C'était, en prime, mensonger. J'avais porté plainte non pas en tant que délégué syndical (je n'étais pas encore élu à ce moment-là), mais en tant qu'actionnaire et salarié du *Canard*. Et le reste valait son pesant d'or.

« Certains médias et réseaux sociaux se sont bien sûr engouffrés dans la brèche, comparant carrément cette affaire à celle de Pénélope Fillon et son emploi bidon d'assistante parlementaire. Halte-là ! » écrivait la direction… avant de leur donner entièrement raison. Ainsi, notre Edith à nous, sans que personne ne l'ait jamais su, avait travaillé « en binôme » avec Escaro, elle « l'épaulait en lui mâchant un peu le travail » (tout est dans le « un peu ») et, encore plus pénélopien : « Elle lira la presse pour lui. » Mais il y avait mieux, car Gaillard et Brimo avaient eu le temps de peaufiner leur défense par rapport à la première version qu'ils m'avaient livrée chez leur avocat, en mars, cinq mois plus tôt. Edith était désormais devenue « journaliste professionnelle » (il fallait bien justifier la fausse carte de presse) et cette besogneuse disposait d'un ultime talent caché auprès de son compagnon dessinateur : « Elle l'aidera à trouver l'astuce qui fait le sel des cabochons. »

Magnifique ! Cette histoire d'« astuce qui fait le sel des cabochons », c'était « les yeux dans les yeux » de Jérôme Cahuzac, le « droit dans mes bottes » d'Alain Juppé. Qu'est-ce qu'on a pu se bidonner, ce mardi, avec cette farce. « Putain, il nous a coûté cher, le sel, c'était du sel de l'Himalaya, non ? » ; « t'aurais pas une petite astuce pour faire le sel de mon prochain article ? » Histoire de nous faire rire encore un peu, les chefs reconnaissaient, dans leur papier, qu'Edith avait aussi été payée pour le travail de son mari. Ils ne livraient aucun chiffre, aucun salaire bien sûr, question de pudeur. Puis concluaient leurs explications par cette phrase de toute beauté sur la procédure pénale en cours : « L'enquête déterminera (...) si ce montage, qui peut, certes, paraître un peu acrobatique, est attaquable ou non sur le plan administratif. » Tout était dit.

Dans l'atmosphère surréaliste de ce bouclage, les uns guettaient le circuit de la copie pour s'assurer que la tribune patronale ne serait pas amendée à la dernière minute, les autres surveillaient qu'elle comporte bien les six signatures du comité d'administration : celles du pédégé, du dirlo, des rédac-chefs et des derniers promus, Hervé Liffran et Odile Benyahia-Kouider. Au moment fatidique, vers 15 heures, un secrétaire de rédaction, bouleversé par l'obligation de mettre en page, à la une, de tels bobards, a craqué :

« Michel, ce n'est pas possible, tu sais très bien que ce qui est écrit dans ce papier n'est pas vrai.

— Tu ne sais pas de quoi tu parles, Dominique ! »

L'émotion de Dominique a laissé des traces. Mon collègue David Fontaine a rameuté ceux qui n'entendaient pas en rester là, interdits d'écrire dans leur propre journal. Le lendemain, jour de la parution du *Canard*, un communiqué de presse, intitulé « Ça ne manque pas de sel », partait à l'AFP. *Le Monde* en a refait ses choux gras : « Des salariés du *Canard Enchaîné* prennent leurs distances avec leur direction, accusée d'abus de biens sociaux ». Quatorze canetons avaient signé ce communiqué, expliquant que les affirmations sur la « rédactrice inconnue » Edith « prêtaient à sourire », que « non, ce n'est pas un prétendu binôme qui dessinait chaque semaine dans le journal », que la direction continuait « à osciller entre la thèse d'un véritable travail d'assistance et la reconnaissance d'une rémunération indirecte de son mari ». Enfin, comme par miracle, la « faute » admise deux jours plus tôt avait disparu. Tous les indociles de la rédaction n'ont toutefois pas signé cette mise au point. Toujours cette satanée peur de « détruire la famille »...

J'ai déjeuné, quelques jours plus tard, avec un avocat sidéré et attristé :

« Je ne comprends pas qui a pu conseiller une défense pareille à vos patrons. Si l'on doutait encore de cette histoire d'emploi fictif, maintenant, il y en a bien un ! »

Des échos m'arrivaient du parquet de Paris, précisément de la section financière en charge de l'affaire. Le qualificatif revenait dans la bouche des magistrats : « Fillonesque ! » À la brigade financière, les canetons nouvellement auditionnés par mon « copain Columbo » ressortaient avec la même appréciation : « Le flic dit qu'il ne s'attendait vraiment pas à cela de la part du *Canard.* »

Il a dû rire davantage en lisant, le 1er septembre, le reportage de *Mediapart*, qui s'était invité à La Ventrouze, en Normandie, dans « la cuisine du château fort du XVe siècle » d'André et Edith Escaro. Laquelle a confié le détail passionnant de sa fiche de poste : « On échangeait des idées sur les événements et la politique. On travaillait ensemble. Les couples de journalistes, c'est comme les couples de pianistes. »

Commentaire du dessinateur Wosniak, adressé le jour même à tous les camarades du syndicat :

« Au *Canard*, maintenant, on a aussi un couple de pianistes. »

Et surtout de virtuoses du pipeau !

24

« Mon cher Canard... »

La mécanique du déni collectif est quelque chose d'assez fascinant. Particulièrement dans un journal comme le nôtre. Une bonne partie de la rédaction a finalement accepté les explications fillonesques sur Edith, publiées par le comité d'administration en première page, le 31 août. Par crainte d'une extinction de l'espèce « Canard » ? Pour préserver des intérêts personnels ? Ou tout simplement en raison d'un léger manque de bravoure ? Pour certains, les trois à la fois, je le crains. J'ai même entendu des collègues dire que les justifications de la direction étaient « bien troussées », « l'exercice plutôt réussi », voire « vachement habile ». Ils ajoutaient que nos lecteurs n'y verraient que du feu. Que la chefferie parviendrait sûrement à les endormir.

Évidemment non. Il reste un brin de lucidité chez nos canetons, ils ont été à bonne école. Si quelques-uns se sont laissé convaincre, ce n'est pas le cas de la majorité de ceux qui nous ont écrit.

Dans les jours qui ont suivi l'opération « Sauver la direction », plus de cent courriers de lecteurs sont parvenus au journal. Malgré une belle réponse automatique (« *Le Canard* vous remercie d'avoir pensé à lui. Votre message est transmis à la rédaction »), les journalistes du *Canard* n'ont jamais vu la couleur de ces courriers, Gaillard et Brimo ne les ont jamais communiqués. Un sacré contraste avec l'époque de l'affaire Fillon, où tous les messages de lecteurs étaient imprimés, partagés, parfois lus à voix haute puis collectionnés dans un carton fièrement exposé sur une étagère de la rédaction.

Ils étaient pourtant fort instructifs, ces cris du cœur poussés lorsque l'entourloupe Escaro a éclaté au grand jour. Je me les suis procurés, comme on dit. C'est avec joie que j'en publie ici un échantillon. Je le fais d'abord pour mes collègues, qui en ont été privés. Ensuite pour nos lecteurs, qui ont le droit que leurs lettres terminent ailleurs que dans une poubelle du journal auquel ils ont écrit, qu'ils aiment et achètent. La plupart des courriers n'émanaient pas, en effet, d'adversaires du *Canard* saisissant là une occasion de le plumer. Mais plutôt de fidèles, voire très fidèles canetons, qui exprimaient leur indéfectible attachement pour les uns, leur terrible déception pour les autres. Un tiers se montraient ainsi rassurés, mais deux tiers en colère, attristés ou moqueurs face à la défense de nos patrons. Ce qui expliquerait que ces derniers aient tout planqué, comme l'auraient fait des dignitaires chinois ? Je ne peux pas le croire… Petite revue de détail et d'intérêt public de cette correspondance jamais arrivée à destination.

Les rassurés. Une catégorie qui va du lecteur carrément enflammé à celui simplement soulagé. On y trouve ceux qui pestent contre les accusations auxquelles ils n'ont « de toutes façons jamais cru ». Et les autres, un peu paniqués par l'affaire, mais qui ont trouvé la direction « sincère » et même « très claire » dans ses justifications. Comme cette abonnée :

Mon Canard,

C'est une canette déficiente oculaire de 79 ans qui a poussé un ouf de soulagement en ouvrant son cher Canard du mercredi pour constater que toutes les pages n'étaient pas blanches afin de bien montrer que ce journal n'était pas fictif (…) Je vous lis depuis vingt ans et je regrette que tous ces médias méchants ne liront probablement pas vos explications et mise au point concernant les accusations contre ce cher Escaro (…) Continuez votre gestion rigoureuse pour boucler le bec à toutes ces méchantes langues.

Une deuxième pour la route :

Je viens de lire le communiqué du comité d'administration, ce n'est donc absolument pas une affaire comparable à celle des époux Fillon, dont acte. La seule question que je me pose encore concerne le montant de la rémunération de Mme Escaro (…) cela correspond à un salaire brut de 7 000 euros (…) Suis-je dans le vrai ?

Très près du « vrai », malheureusement.

Les modérés. Voilà des adeptes toujours fidèles, mais qui commencent à être un brin gênés aux entournures.

Mon cher palmipède,

Merci pour votre mise au point sur le fameux « emploi fictif Escaro ». On comprend malheureusement très bien qu'il s'agissait d'une façon de contourner la réglementation sur le cumul emploi-retraite. Ce n'est pas joli-joli, vous devriez clairement l'assumer. Les retraités à la retraite ! Bon, ça ne m'empêchera pas de continuer à vous lire chaque semaine. Amitiés ornithologiques.

Un autre lecteur familier :

Pour en arriver à conserver un dessinateur talentueux, tu as mis en place une curieuse usine à gaz (…) Pourquoi ne pas avoir fait appel à d'autres talents ? Ton montage devait inévitablement reposer en partie sur un arrangement avec la réalité juridique. Toi qui traques les combines et magouilles, tu as manqué à ta réputation d'intransigeance. Les époux Fillon auraient beau jeu de se moquer. Je suis déçu, tout en t'accordant encore une confiance désormais mesurée. Un caneton.

Les énervés. Attention, ça ne rigole plus. Nous entrons dans la famille des lecteurs qui aiment pourtant rire, mais qui n'ont pas du tout apprécié les explications livrées par la chefferie. Sûrement de dangereux radicalisés, voire d'horribles syndiqués ! Inutile de préciser que leur appréciation de la situation m'a touché, car ils ont ressenti une désillusion assez proche de la mienne.

Bonjour,

Douché par les soupçons d'emploi fictif, je suis absolument stupéfait par le ton de la réponse de votre conseil d'administration. On a clairement l'impression de se faire cracher au visage. Le mépris pour votre propre journaliste qui ne fait que son boulot est honteux (…) Vous donnez du grain à moudre aux exécrables complotistes, à toute une classe politique anti-média dont le RN ou les fans de Zemmour, c'est impardonnable. Je vous ai toujours porté au pinacle, je vous achète en kiosque depuis mes 22 ans, j'en ai 43… C'est terminé, plus un euro de ma part tant que les « 6 fantastiques » co-auteurs de cette réponse seront en poste dans mon désormais ancien journal préféré !

Un abonné qui se désabonne, parmi d'autres :

Je vous demande de bien vouloir résilier mon abonnement à réception de ce mail. J'ai 81 ans et je lis Le Canard *depuis mon enfance : ma mère le lisait chaque semaine, et j'ai continué toute ma vie (….) Vous avez tout le temps été une lueur de justice et d'honnêteté pour moi. C'est vous dire à quel point je suis choqué par votre emploi fictif, les explications alambiquées fournies en première page sont affligeantes, j'attendais un certain panache du genre : « Oui, on a agi comme des imbéciles et on le regrette profondément. » Mais non, vous avez fait du sous-Fillon !*

Du très, très en colère pour la fin :

Je dois dire que je tombe de ma chaise, je suis écœurée par ce que vous vous êtes permis de faire (...) Je me suis abonnée quand je suis tombée enceinte de mon fils. Il a 25 ans à la fin de l'année, nous l'avons aussi abonné alors qu'il vit en Norvège (...) Autrement dit, fidèle d'entre les fidèles. Votre article défonce Christophe Nobili, qui n'a pourtant fait que son métier : dénoncer un emploi interne qui a tout du foutage de gueule (...) Que n'auriez-vous pas écrit (à juste titre) si ça avait été un politicard qui avait fait ça ? Et s'être défendu en cassant le messager (...) Vous cassez le messager, votre propre journaliste (...) C'est moche (...) Vous demandez où est la victime ? Vous oubliez tout simplement un détail, la vraie victime : le lecteur. Vous savez, celui (celle) qui vous fait exister, à la fois parce qu'il paie et parce qu'il vous lit. Condescendant et minable. Autres victimes : les journalistes qui croyaient être dans un journal honnête et éthique.

N'en jetez plus !

Les doux rêveurs. Une demi-douzaine d'habitués du *Canard* espéraient sincèrement que les camarades dénonçant l'affaire Escaro pourraient s'exprimer dans leur propre journal et n'y seraient pas empêchés par ses patrons. Question de liberté d'expression et de principe démocratique…

D'un lecteur assidu… « depuis soixante ans » :

La classe, pour un journal qui ne craint personne, serait de proposer à Christophe Nobili un billet où il pourrait exposer sa démarche. Sachant bien sûr la vie commune désormais difficile.

Un peu oui…

Même surprise d'une « lectrice très fidèle (depuis quarante ans) » :

Je ne comprends pas pourquoi un avis contradictoire d'autres journalistes n'a pas eu un espace d'expression à côté de l'article du conseil d'administration. J'espère que cela sera rectifié dès la semaine prochaine, afin que ma confiance soit restaurée !

Comme les autres, elle attend toujours.

Les experts. D'anciens magistrats, des conseillers fiscaux ou des caisses de retraite se cachent parmi nos canetons, saurez-vous les reconnaître ?

Un connaisseur…

En tant que lecteur depuis cinquante ans, je tiens à exprimer ma déception à la lecture du plaidoyer pro-domo du conseil d'administration du Canard. *Payer un salaire à madame X pour le travail de monsieur Y, c'est clairement une magouille (…) pour constituer une retraite pleine et entière à cette dame, plutôt qu'une pension de réversion en cas de décès de monsieur Y...*

... et deux professionnels :

Trois millions d'euros (...) Cette dépense injustifiée a réduit la base fiscale du journal et donc l'impôt dû à la République, vous pourriez le reconnaître !

Fidèle caneton depuis cinquante ans, je suis atterré par votre explication « La réalité dépasse le fictif ». Franchement, êtes-vous sérieux dans vos arguments ? Quel article aurait pondu Le Canard *si la vente des tableaux de Picasso avait été versée à Dora Maar ? (...) Oui, le fisc a été lésé. Et les pénalités applicables sont, au mieux, de 40 % pour manquement délibéré, au pire une pénalité de 80 % pour manœuvres frauduleuses.*

Enfin, l'exposé de fac de droit :

Il y a dans tout ça un vieil arrangement qui pue la magouille, le favoritisme et l'enrichissement sans cause (...) Un contrat de travail de journaliste, un salaire à son nom et une carte de presse sont des choses personnelles, qui n'ont rien à voir avec l'encouragement qu'on peut prodiguer à son conjoint lui-même journaliste (...) L'histoire du binôme ne tient pas. Le dessinateur aurait très bien pu être payé en droit d'auteur. Il s'agit bien d'un emploi fictif, un salaire de complaisance voire un détournement d'argent et d'écriture au profit d'un tiers. (...) Le comité d'administration du Canard Enchaîné *a tort dans sa tentative de masquer un délit.*

Les comiques. Une communauté qui m'a également réjoui, dans laquelle on trouve des lecteurs gentiment ironiques et de vrais insolents.

Un vieil abonné du genre taquin :

Ce serait tout de même surprenant que l'enquête trouve normal d'accorder une rémunération à l'épouse de celui qui bosse parce que celui-ci ne peut pas cumuler un emploi et une retraite. Beaucoup de retraités seraient ravis de pouvoir bénéficier de cette nouvelle mesure sociale innovante. Le Canard *compte-t-il intégrer le futur CNR (conseil national de la rénovation) pour présenter ses recommandations dans le cadre de la réforme des retraites ?*

Celle-là, je l'aime beaucoup :

Cher Canard, quelle déception ! Et quelle mauvaise défense vous nous infligez. Si encore ils étaient intéressants, ces dessins, mais savoir qu'ils s'y sont mis à deux, c'est encore pire. Brimo 72 ans, Emptaz 73 ans, Gaillard 78 ans (…) il faudrait peut-être apprendre à passer la main, et ce n'est pas une gamine qui vous le dit, j'ai 64 ans !

Ultime supplique, assez mignonne :

S'il y a d'autres « cadavres » dans les placards, c'est le moment de les sortir !

Les comiques (d'un autre genre). Cette lectrice, j'ai franchement cru que c'était une cousine de Michel Gaillard ou une nièce de Nicolas Brimo :

Énorme merci à M. et Mme Escaro pour nous avoir régalés pendant de longues années, ils sont irremplaçables et vont nous manquer. Je leur souhaite à tous deux une bonne continuation.

Et une belle double retraite !

Les tristes. Dur, dur de lire ces mots-là. À vous serrer parfois la gorge. Ils confirment la complicité et la tendresse que beaucoup de lecteurs ressentaient pour leur journal. *Le Canard* faisait partie de leur vie, il représentait quelque chose d'unique pour eux, depuis leur plus jeune âge. Comme moi, finalement.

Très cher Canard,

Hier pour la première fois depuis soixante ans, je ne me suis pas rendu chez mon marchand de journaux habituel pour notre rendez-vous hebdomadaire (…) J'ai décidé de rompre notre relation. Que faire d'autre face à ce que je considère comme une trahison ? Quelle différence entre Pénélope et Mme Escaro ? (…) Tu as été le pilier de mon éducation citoyenne et politique depuis mes 15 ans (…) J'aurais tant à dire de notre relation qui ne fut jamais tumultueuse et sur laquelle je pouvais tant compter (…) Adieu et merci pour ces moments. Le cœur n'y est plus.

Et, puisqu'il faut conclure…

Bonjour (…) Pourquoi précisez-vous dans votre article que votre collaborateur est délégué syndical (cela orienterait son travail) ? Pourquoi n'apportez-vous pas de preuves tangibles de l'activité de la personne soupçonnée (là, vous êtes plutôt dans une argumentation « Fillon ») ? (...) Quand vous dites que de l'argent privé est en cause, vous oubliez qu'il y a l'argent de vos lecteurs ? Rappelez-vous que nous sommes des lecteurs exigeants !

En parcourant ces courriers, j'ai été chamboulé par les réactions de ces lecteurs impliqués, qui éprouvent un sentiment de trahison car, pour eux, l'achat du *Canard* est un acte engagé. Un peu comme si une partie du journal leur appartenait, comme s'il était un bien public. Ce ressenti a apparemment échappé à la direction du journal, laquelle n'a pas vu que l'un de ses principaux arguments, du coup, deviendrait inaudible : celui consistant à dire que, dans cette affaire Escaro, il n'a jamais été question d'« argent public ». Or, il a bien été question de l'argent de... notre public. De ces lecteurs qui, chaque semaine, achètent *Le Canard* et lui permettent d'exister sans la moindre publicité. De ces abonnés qui se vivent comme les membres d'une communauté, mettant au pot pour financer les salaires de journalistes d'investigation et avoir leur canard de salubrité publique : indépendant, libre, irréprochable, transparent. Ils paient 1,5 euro tous les mercredis précisément pour cela. Pas pour entretenir pendant un quart de siècle, dans la plus grande opacité, la femme d'un dessinateur retraité qui n'a jamais travaillé.

Épilogue

Trois ans.

Je me revois au premier étage du journal, à la photocopieuse, avec l'ancien secrétaire général de la rédaction, ce vieux briscard de Jacques Lamalle, effectuant son pas de danse, en me chantant « Pénélope, Pénélope ». Plus rien n'a été comme avant. Trois ans de soupçons, de dilemme, de baston. Et, au bout, le prix à payer. Moi qui étais entré au *Canard* pour me marrer…

Une partie de la rédaction ne me parle plus, ne me salue plus. J'ai même surpris de grands investigateurs ressortant d'une pièce parce que je m'y trouvais. Tout cela parce que j'ai osé découvrir et dénoncer le cas Edith. Chapeau les gars du *Canard* ! Pas gêné non plus, le couple Gaillard-Brimo continue ses petites manœuvres quotidiennes pour me placer gentiment à l'isolement, il bat chaque semaine la campagne, minimise les faits chaque mois davantage, répète cinquante fois un gros mensonge pour qu'il devienne une petite vérité, rabâche que j'ai organisé tout cela pour être calife à la place des califes, je suis le revanchard de je-ne-sais-quoi, l'excité de service. J'attends avec impatience le jour où le Soviet suprême va m'affubler du fameux titre de « putschiste ayant raté son coup ».

Côté jardin, je me coltine toujours mes insomnies, mes sympathiques nausées matinales, je continue à contempler les plafonds. Le lundi midi, je mange seul. Fini, les côtes de cochon avec frites et le tord-boyaux de Visan entre potes. Je m'avale des soupes devant mon écran de téléphone, dans les cantines japonaises du quartier Saint-Honoré.

À l'extérieur, on me pose toujours la même question : « Alors comment ça se passe pour toi au *Canard* ? Tu vas pouvoir rester ? » Je répète : « Mais pourquoi je partirais ? Je n'ai rien fait, moi. »

Un jour, bien avant de découvrir la Pénélope de notre journal, une consœur m'avait lâché une remarque inoubliable, alors que nous commentions l'actualité : « T'as vu ce qu'ils deviennent les lanceurs d'alerte ? Le lanceur d'alerte, c'est toujours celui qui perd à la fin. » Sympa, la perspective ! Je ne partage pas cet optimisme. Je pense exactement le contraire et il m'était impossible, moi qui ai noirci tant de pages pour railler les frasques des autres, de ne pas réagir face aux turpitudes des miens.

Il faut relire l'édito que notre rédacteur en chef, Erik Emptaz, avait pondu sur François Fillon, le

1er février 2017. À la lumière des trois ans que je viens de raconter, cette relecture est édifiante. Erik écrivait : « Un parangon de “transparence” qui, dans chacune de ses péroraisons, ne manque jamais de donner des leçons à ses adversaires, comme aux gens de son propre camp et se fait prendre pour avoir, dans leur dos et le nôtre, fait tout le contraire, ça éclabousse forcément (...) Faites ce que je dis, pas ce que je fais... La chanson ne date pas d'hier. On ne comptait plus les pompiers pyromanes, les flics voyous, les ministres traqueurs de comptes en Suisse qui en avaient plusieurs, les arroseurs arrosés, peut-être faudra-t-il désormais ajouter à la liste les Fillon fillonés. » Tant qu'à faire, mettons-y aussi les canardeurs canardés !

Durant les longs mois où mes patrons ont distillé leur défense dans la rédaction, j'ai tout entendu sur l'affaire Escaro. Cette réflexion, l'œuvre d'un collègue, reste l'une de mes préférées : « Mais enfin, ce genre d'histoires, il y en a dans toutes les entreprises ! » Justement, nous ne sommes pas « toutes les entreprises ». Et pourtant. La désillusion peut y être aussi sévère qu'une descente de lendemain de fête. Les conférences de rédaction se poursuivent, chaque lundi et mercredi, plus irréelles les unes que les autres. Certains y détaillent tranquillement, à l'occasion, un emploi fictif supposé à la région Île-de-France, chez « la Valérie Pécresse » ou du côté de Nice, dans le couple du député Ciotti.

Ces réunions donnent parfois lieu à un étonnant spectacle, l'émergence d'une nouvelle courtisanerie, qui surjoue la bonne humeur, abuse du rire forcé au côté des chefs, s'enfonce dans la schizophrénie. Il n'a jamais été question d'organiser le vote d'une motion de défiance, de convoquer une assemblée générale extraordinaire des actionnaires ou de demander collectivement des comptes à notre direction. Alors que nous aurions rempli des pages entières d'articles pour moins que ça, si les faits s'étaient produits ailleurs.

En tout et pour tout, trois journalistes, sur la grosse vingtaine que compte *Le Canard*, m'ont demandé tous les éléments en ma possession sur Edith, m'ont bombardé de questions. Mais rien, ou presque, de la part des autres. C'est fou, le manque de curiosité dont peuvent être frappés des enquêteurs réputés. Au fil du temps, les canetons du 173, rue Saint-Honoré sont sagement entrés dans le temps judiciaire. Ils attendent. Suspendus aux résultats de l'enquête préliminaire de la brigade financière et à la décision du parquet de Paris. Classement sans suite, ouverture d'une information judiciaire ou renvoi en correctionnelle ? Ah… savoir de quel côté va tomber le couperet ! Comme si nous étions incapables de nous faire notre propre idée, comme des grands. Nous ne sommes pas des grands. Nous sommes tels des enfants, qui partageons le souvenir d'une famille disparue, mais toujours tenue, on ne sait comment, par des parents égarés.

Finalement, tout se passe comme dans les meilleures révolutions. Le monde se divise en trois parties. Une minorité de guérilleros qui suivent le « méchant », une seconde minorité de légitimistes qui serrent les rangs derrière le pouvoir… et puis cette majorité, bien silencieuse. Une sorte de gros ventre mou, qui guette le sens du vent et de l'Histoire. Si la révolution échoue, les silencieux conspueront les rebelles ; si elle aboutit, ils iront crier dans la rue qu'ils ont toujours été de leur côté. Et un peu de celui du vilain Nobili.

Michel Gaillard et Nicolas Brimo ont été longuement entendus par la brigade financière, le 8 décembre 2022. L'occasion d'une ultime farce. Pour justifier leur absence au journal, ils ont inventé un énorme bobard : ils ont prétendu avoir été invités à Bordeaux, pour découvrir le site internet du quotidien *Sud-Ouest*.

Récemment, mes avocats m'ont demandé : « Et s'il sortait de tout cela quelque chose de positif ? » J'ai hésité à leur répondre : « Évidemment, de très positif même ! » Mais je me suis contenté de leur dire qu'au *Canard*, j'ai été élevé, comme les autres, pour continuer à rire en toute circonstance. On doit rire au *Canard*.

Alors rions !

Paris, le 12 février 2023

Remerciements

Je remercie les camarades du *Canard* qui m'ont soutenu.

Ils se reconnaîtront.

Les autres aussi…

Table des matières

Cet ouvrage a été composé par Nord Compo

Imprimé en France par
CPI BRODARD & TAUPIN (72200 La Flèche)
en février 2023

pour le compte des Éditions J.-C. LATTÈS
17, rue Jacob – 75006 Paris

PAPIER À BASE DE FIBRES CERTIFIÉES

JC Lattès s'engage pour l'environnement en réduisant l'empreinte carbone de ses livres. Celle de cet exemplaire est de :
400 g éq. CO_2
Rendez-vous sur www.jclattes-durable.fr

N° d'édition : 01 – N° d'impression : 3051602
Dépôt légal : mars 2023
Imprimé en France